Cours, Jimmy, cours

ŒUVRES PRINCIPALES

Carrie
Shining
Danse macabre
Cujo
Christine
L'année du loup-garou
Salem
Creepshow
Peur bleue
Charlie
Simetierre
La peau sur les os
Différentes saisons
Brume – Paranoïa
Brume – La Faucheuse
Running Man
ÇA
Chantier
Misery
Marche ou crève
La tour sombre – 1
La tour sombre – 2
La tour sombre – 3
Le Fléau
Les Tommyknockers
La part des ténèbres
Bazaar
Rage
Jessie
Dead Zone : l'accident
Dolorès Claiborne
Minuit 2
Minuit 4
Rêves et cauchemars
Insomnies
Les yeux du dragon
Anatomie de l'horreur
Desolation
La ligne verte
1 – Deux petites filles mortes
2 – Mister Jingles
3 – Les mains de Caffey
4 – La mort affreuse d'Edouard Delacroix
5 – L'équipée nocturne
6 – Caffey sur la ligne

Stephen King

Danse macabre – 2
Cours, Jimmy, cours
et autres nouvelles

Traduit de l'américain
par Lorris Murail
et Natalie Zimmermann

Librio

Texte intégral

Nouvelles extraites de *Danse macabre*
Titre original : *Night Shift*

Titres originaux : *Le croque-mitaine : The Boogeyman*
Matière grise : Gray matter
Petits soldats : Battleground
Poids lourds : Trucks
Cours, Jimmy, cours : Sometimes they come back

Le croque-mitaine

– Je suis venu vous voir parce que j'ai besoin de raconter mon histoire, dit l'homme qui était allongé sur le divan du Dr Harper.

Il s'appelait Lester Billings et venait de Waterbury, dans le Connecticut. D'après la fiche remplie par Mrs Vickers, l'assistante du docteur, il était âgé de vingt-huit ans, travaillait dans l'industrie à New York, était divorcé et père de trois enfants. Tous trois étaient décédés.

– Je ne suis pas allé voir un prêtre parce que je ne suis pas catholique. Je ne suis pas allé voir un avocat parce que je n'ai rien fait qui intéresse la justice. J'ai tué mes enfants. Un par un. Je les ai tués tous les trois.

Le Dr Harper mit le magnétophone en marche.

Raide comme un double décimètre, le corps de Billings se refusait à épouser les formes du divan d'où dépassaient nettement ses deux pieds. L'attitude d'un homme s'infligeant une humiliation nécessaire. Tel un défunt, ses mains étaient croisées sur sa poitrine. Aucune émotion ne transparaissait sur son visage. Il observait le plafond d'un blanc uni comme s'il y voyait s'animer des scènes et des images.

– Voulez-vous dire que vous les avez réellement tués ou bien...

– Non. (Un spasme d'impatience agita sa main.) Mais c'est moi le responsable. Denny en 1967. Shirl en 1971. Et Andy cette année.

Le Dr Harper ne répondit rien. Il fut frappé par l'air hagard et prématurément vieilli de Billings. Sa chevelure s'éclaircissait et son teint était jaunâtre. Son regard trahissait la fréquentation assidue du whisky.

– On les a assassinés, vous comprenez ? Seulement, personne ne veut le croire. Si on voulait l'admettre, les choses pourraient s'arranger.

– Comment cela ?

– Parce que...

Billings s'interrompit net, se redressa brusquement sur ses coudes et fixa des yeux un point situé à l'autre bout de la pièce. Ses paupières ne laissaient plus voir que deux fentes noires.

– Qu'est-ce que c'est que ça ? aboya-t-il.

– Ça quoi ?

– Cette porte.

– Un placard, répondit le Dr Harper. C'est là que je suspends mon manteau et que je range mes chaussures.

– Ouvrez-le. Je veux voir.

Le Dr Harper se leva sans un mot, traversa la pièce et ouvrit le placard. A l'intérieur, un vieil imperméable était accroché à l'un des cintres. En dessous luisait une paire de bottes de caoutchouc. De l'une d'elles dépassait un exemplaire du *New York Times*. C'était tout.

– Tout va bien ?

– Ça va.

Billings se détendit, reprenant sa position initiale.

– Vous disiez, dit le Dr Harper en revenant vers sa chaise, que vos ennuis disparaîtraient si l'on pouvait admettre que vos trois enfants ont été assassinés. Vous êtes en mesure de m'expliquer cela ?

– J'irais en prison, répondit immédiatement Billings. Jusqu'à la fin de mes jours. Et, dans une prison, on peut surveiller tout ce qui se passe. Partout.

Il sourit dans le vide.

– Comment vos enfants ont-ils été assassinés ?

– Ne me brusquez pas !

Billings eut un mouvement spasmodique en direction de Harper qu'il fixa de ses yeux mornes.

– Je vous le dirai, ne craignez rien. Je sais que vous ne me croirez pas mais je m'en fous. J'ai seulement besoin de raconter mon histoire.

– C'est bon.

Le Dr Harper sortit sa pipe.

– J'ai épousé Rita en 1965. J'avais vingt et un ans et elle en avait dix-huit. Elle était enceinte de Denny. (Une grimace effrayante passa fugitivement sur ses lèvres.) J'ai dû quitter la fac et trouver du travail, mais ça m'était égal. Je les aimais tous les deux. Nous étions très heureux.

» Rita tomba de nouveau enceinte peu après la naissance de Denny et Shirl vint au monde en décembre 1966. Quand Andy naquit, pendant l'été 1969, Denny était déjà mort. Andy fut un accident. Du moins, c'est ce que Rita disait. A mon avis, ce n'était pas tout à fait un accident. Les enfants, ça accapare un homme. Les femmes aiment ça, surtout quand l'homme est plus intelligent qu'elles. Vous ne croyez pas ?

Harper grogna sans se compromettre.

– Aucune importance. De toute façon, j'aimais cet enfant.

Il avait dit cela d'un ton presque vengeur, comme s'il avait aimé Andy pour contrarier sa femme.

– Qui a tué les enfants ? demanda Harper.

– Le croque-mitaine, répondit sans hésiter Lester Billings. Il est simplement sorti du placard et il les a tués tous les trois. (Il se tortilla sur le divan.) D'accord, vous pensez que je suis fou. Je le lis sur votre figure. Mais je m'en fous.

– Je vous écoute, l'assura Harper.

– Quand tout a commencé, Denny avait presque deux ans et Shirl n'était encore qu'un bébé. Denny avait attrapé la manie de pleurer chaque fois que Rita le mettait au lit. Il n'y avait que deux chambres, vous comprenez, et Shirl dormait dans la nôtre. Au début, je pensais qu'il pleurait parce qu'il n'avait plus de biberon dans son lit avec lui. Rita disait de ne pas en faire une question de principe ; laisse-lui son biberon, il s'en fatiguera bien tout seul. Mais c'est comme ça que les gosses tournent mal. En leur passant tout, on les pourrit. Et puis ils vous brisent le cœur.

» Au bout d'un moment, comme ça ne s'arrêtait pas, j'ai pris l'habitude de le mettre moi-même au lit. Et s'il ne voulait pas cesser de pleurer, je lui flanquais une fessée. Rita disait qu'il réclamait sans arrêt de la lumière. Elle voulait mettre une veilleuse dans sa chambre. Je ne l'ai pas laissée faire. Si un enfant ne réussit pas à surmonter sa peur du noir quand il est petit, il n'y arrivera, jamais.

» Bref, il est mort pendant l'été qui a suivi la naissance de Shirl. Je l'avais mis au lit, cette nuit-là, et, aussitôt, il avait commencé à pleurer. Cette fois-ci, j'entendais ce qu'il disait. Il me montrait le placard et il faisait : "Le croque-mitaine ! Le croque-mitaine, papa !"

» J'éteignis la lumière et revins dans notre chambre où je demandai à Rita quelle idée elle avait eu d'apprendre au gosse un mot pareil. Elle me répondit qu'elle ne lui avait jamais appris à dire ça. Je la traitai de fieffée menteuse.

» L'été ne fut pas facile. Le seul boulot que j'avais pu trouver consistait à charger des caisses de Pepsi-Cola dans un entrepôt, et j'étais tout le temps crevé. Shirl se réveillait et se mettait à pleurer toutes les nuits, alors Rita allait la prendre en reniflant. Je vous jure, certaines fois, je les aurais bien balancées par la fenêtre toutes les deux.

» Donc, le gosse me réveille à 3 heures du matin pile. Je vais dans la salle de bains, à moitié réveillé, et Rita me demande si j'ai jeté un coup d'œil sur Denny. Je lui réponds de le faire elle-même et retourne au lit. A peine rendormi, j'entends Rita qui hurle.

» Je me lève pour aller voir. Le gamin était sur le dos, mort. Blanc comme un linge sauf là où le sang était... était tombé. L'arrière des jambes, la tête, le c..., les fesses. Ses yeux étaient ouverts. C'est ça le pire, vous comprenez. Grands ouverts et vitreux comme les yeux des gosses de Viets qu'on voit sur les photos. Mais un gamin de chez nous avec des yeux comme ça, non. C'était horrible... je l'aimais, ce gosse. (Billings secoua lentement la tête ; à nouveau, une grimace déforma ses traits.) Rita hurlait comme une folle. Elle a voulu prendre Denny dans ses bras pour le bercer, mais je ne l'ai pas laissée. Les flics n'aiment pas qu'on touche à quoi que ce soit.

— Saviez-vous déjà que c'était le croque-mitaine ? demanda doucement le Dr Harper.

— Oh ! non. Pas à ce moment-là. Mais j'avais remarqué quelque chose. Sur le coup, je n'y ai pas accordé d'importance, mais ma mémoire l'a enregistré.

— De quoi s'agit-il ?

– La porte du placard était ouverte. Pas beaucoup. Juste entrebâillée. Mais je savais bien que je l'avais laissée fermée, vous comprenez. Il y avait des sacs en plastique dedans. Il suffit qu'un môme s'amuse avec ça et, hop ! asphyxié. Vous me suivez ?

– Oui. Et ensuite, que s'est-il passé ?

Billings haussa les épaules.

– Nous l'avons enterré.

Il posa un regard morbide sur les mains qui avaient jeté la première poignée de terre sur trois petits cercueils.

– Y eut-il une enquête ?

– Vous pensez bien ! (Une lueur sardonique s'alluma dans les yeux de Billings.) J'ai eu droit à une espèce de bouseux qui avait obtenu son diplôme dans je ne sais quel trou perdu. Il a appelé ça « mort subite du nourrisson ». Avez-vous déjà entendu une connerie pareille ? C'était un gosse de trois ans !

– Ce type de décès brutal et inexplicable survient surtout pendant la première année, avança prudemment Harper. Mais on trouve ce genre de diagnostic sur des certificats de décès concernant des enfants ayant jusqu'à cinq ans...

– Une connerie, je vous dis ! cracha Billings avec colère.

Harper ralluma sa pipe.

– Un mois après l'enterrement, on a mis Shirl dans l'ancienne chambre de Denny. Rita a fait tout ce qu'elle a pu, mais j'ai eu le dernier mot. Ça m'a fait mal, croyez-moi, bon sang j'aimais bien avoir la gosse avec nous. Mais il ne faut pas trop les couver. Après, ils deviennent incapables de se défendre dans la vie. Et il ne faut pas trop s'écouter non plus. C'est la vie. On a mis Shirl dans le berceau de Denny. On a quand même balancé le vieux matelas. Je ne voulais pas que ma fille attrape des microbes.

» Une année est passée. Une nuit, alors que je mets Shirl au lit, voilà qu'elle commence à crier et à pleurnicher. "Le croque-mitaine, papa, le croque-mitaine !"

» Ça m'a donné un choc. Juste comme pour Denny. Et je me suis souvenu de cette porte de placard entrebâillée quand nous l'avons trouvé. J'ai eu envie de la prendre avec nous pour la nuit.

– Vous l'avez fait ?

– Non. (Billings contempla ses mains et son visage se contracta.) Je ne pouvais pas avouer à Rita que j'avais eu tort. Il *fallait* que je sois fort. Elle n'a jamais su dire non, Rita... Vous n'avez qu'à voir avec quelle facilité elle a couché avec moi avant qu'on soit mariés.

– D'un autre côté, dit Harper, voyez avec quelle facilité *vous* avez couché avec *elle*.

Billings se figea puis tourna lentement la tête en direction de Harper.

– Laissez-moi raconter à ma façon, fit-il avec irritation. Je suis venu ici pour me soulager d'un poids. Pour raconter mon histoire. Pas pour vous parler de ma vie sexuelle. Rita et moi avions une vie sexuelle parfaitement normale ; on n'a jamais rien fait de ces choses dégoûtantes. Je sais que ça en défoule certains de parler de ça, mais je n'en fais pas partie.

– Très bien.

– Très bien, répéta Billings avec une feinte assurance.

Il semblait avoir perdu le fil de sa pensée et ses yeux jetaient des regards inquiets vers la porte du placard.

– Voulez-vous que je l'ouvre ? demanda Harper.

– Non ! s'exclama aussitôt Billings... (Il émit un petit rire nerveux.) Pourquoi est-ce que je voudrais regarder vos bottes ?

» Le croque-mitaine l'a eue aussi, reprit-il. (Il se passa un doigt sur le front, comme pour suivre le tracé de ses souvenirs.) Un mois plus tard. Mais avant, il s'était passé des choses. Une nuit, j'ai entendu un bruit dans sa chambre. Et puis elle s'est mise à crier. J'ai ouvert la porte à toute vitesse – la lumière du couloir était allumée – et... elle était assise sur son lit en pleurant et... il y avait quelque chose qui *remuait*. Dans l'ombre, près du placard. Quelque chose qui *glissait*.

– La porte du placard était-elle ouverte ?

– Un petit peu. Juste une fente. (Billings se passa la langue sur les lèvres.) Shirl criait : « Le croque-mitaine ! » Et autre chose qui ressemblait à « pattes ». En fait, elle disait plutôt « pote ». Les petits confondent souvent le o avec le a, vous comprenez. Rita est arrivée en courant et elle a demandé ce qui se passait. Je lui ai dit que Shirl avait été effrayée par les ombres que font les branches sur le plafond.

– Pote ?

– Hein ?

– Pote... porte. Peut-être essayait-elle de dire porte ?

– Peut-être... fit Billings, mais je ne crois pas. Il me semble bien que c'était « pattes ». (Ses yeux étaient de nouveau rivés à la porte du placard.) Des pattes..., de grosses pattes griffues.

Sa voix n'était plus qu'un murmure.

– Avez-vous regardé dans le placard ?

– Ou-oui.

Ses mains étaient étroitement enlacées sur sa poitrine, et il serrait si fort qu'un croissant blanc apparaissait sur chaque jointure.

– Y avait-il quelque chose à l'intérieur ? Avez-vous vu le...

Billings se mit brusquement à hurler :

– Rien ! Je n'ai rien vu ! (Puis ce fut comme s'il lâchait aux mots la bonde de son âme :) Quand elle est morte, c'est moi qui l'ai trouvée, vous comprenez. Elle avait avalé sa langue. Elle avait la figure noire et elle me regardait. Ses yeux... on aurait dit ceux d'un animal traqué, brillants et terrifiés, et ils me criaient : « Il m'a attrapée, papa, tu l'as laissé m'attraper, tu l'as aidé à me tuer... » (Sa voix s'éteignit. Silencieux, il laissa couler une unique larme le long de sa joue.) Elle est morte de convulsions, vous comprenez ? Ils ont fait une autopsie à l'hôpital de Hartford et ils nous ont dit qu'elle s'était étouffée en avalant sa langue à cause des convulsions. Ils ont gardé Rita sous sédatif. Elle était devenue hystérique. Il a donc fallu que je rentre tout seul en sachant très bien qu'un gosse a pas des convulsions comme ça juste parce qu'il a le cerveau baisé. Mais de terreur, oui. Et il fallait que je rentre dans cette maison où *il* était.

» J'ai dormi sur le divan, murmura-t-il. Avec la lumière allumée.

– S'est-il produit quelque chose ?

– J'ai fait un rêve, dit Billings. J'étais dans une chambre sombre et il y avait quelque chose que je ne distinguais pas très bien, dans le placard. Ça a fait un bruit..., un bruit mou. Ça m'a rappelé les bandes dessinées que je lisais quand j'étais gosse. *Tales from the Crypt*... c'était l'histoire de cette femme qui voulait noyer son mari. Elle lui attachait un bloc de ciment aux pieds et le balançait dans un puits. Seulement, il revenait. Il était tout pourri, verdâtre, avec un œil bouffé par les poissons et des algues plein les cheveux. Il revenait et il la tuait. Donc, quand je me suis réveillé au milieu de la nuit, j'avais l'impression qu'il était penché au-dessus de moi. Avec ses longues pattes griffues...

Le Dr Harper jeta un coup d'œil sur l'horloge digitale encastrée dans son bureau. Lester Billings parlait depuis près d'une demi-heure.

– Quelle fut l'attitude de votre femme envers vous lorsqu'elle revint à la maison ?

– Elle m'aimait toujours, répondit Billings avec fierté. Elle continuait à faire ce que je lui disais. C'est le rôle d'une épouse, n'est-ce pas ? Ce M.L.F. ne sert qu'à rendre les gens malades. Ce qu'il y a de plus important dans la vie c'est de savoir où est sa place. Sa... euh...

– La position qu'on doit occuper dans l'existence ?

– Exactement ! (Billings fit claquer ses doigts.) C'est exactement ça ! Une épouse doit suivre son mari. Oh ! elle est restée un peu apathique pendant les quatre ou cinq premiers mois... Elle traînait dans la maison, elle ne chantait pas, ne regardait plus la télé, ne riait jamais. Mais je savais qu'elle reprendrait le dessus. Quand ils sont si petits, on n'a pas eu le temps de s'y attacher autant.

» Elle voulait un autre bébé, ajouta-t-il sombrement. Je lui ai dit que ce n'était pas une très bonne idée. Oh ! pas pour toujours, mais au moins pour un moment. Je lui ai dit que maintenant il était temps d'oublier le passé et de profiter enfin de la vie. On n'avait jamais eu l'occasion de le faire, avant. On ne pouvait pas aller voir jouer les Mets en ville à moins que ses vieux ne prennent les gosses, parce que ma mère ne voulait pas en entendre parler. Denny était né trop tôt après notre mariage, vous comprenez ? Elle disait que Rita était une allumeuse, une vulgaire fille de petite vertu. Des filles de petite vertu, c'est comme ça que ma mère les appelait toujours. Vous ne trouvez pas ça drôle ? Elle n'a même pas voulu venir au mariage. (Billings tambourinait des doigts sur sa poitrine.) Le gynécologue de Rita lui a vendu un machin qu'on appelle un stérilet. Infaillible, avait dit le docteur. (Il eut un sourire amer.) Résultat, l'année d'après, elle était encore enceinte. Infaillible !

– Il n'existe pas de méthode de contraception parfaite, intervint Harper. La pilule n'est efficace qu'à quatre-vingt-dix-huit pour cent. Le stérilet peut être éjecté par de simples crampes, une forte menstruation, et, dans des cas exceptionnels, à cause d'un phénomène de rejet.

– Oui. Ou alors vous pouvez l'enlever.

– C'est possible.

– Et ensuite, vous voulez savoir ? Elle s'est mise à tricoter des petites affaires, à chanter sous la douche, à grignoter des pickles toute la journée. S'asseyant sur mes genoux pour me raconter que Dieu l'avait voulu. *Conneries*.

– L'enfant est venu au monde un an après la mort de Shirl ?

– C'est ça. Un garçon. Elle l'a appelé Andrew Lester Billings. J'ai fait comme s'il n'existait pas, au début. Elle s'était laissé engrosser, qu'elle s'en occupe. Je sais que ça va vous paraître dur, mais il faut que vous vous souveniez par quoi je suis passé.

» Mais je n'ai pas pu lui résister longtemps, vous savez. D'abord, c'était le premier de la nichée qui me ressemblait. Denny ressemblait à sa mère et Shirl ne ressemblait à personne, à part peut-être à ma grand-mère Ann. Andy, c'était mon portrait tout craché.

» Je jouais avec lui dans son parc en rentrant du boulot. Il m'attrapait le doigt et il me souriait en gazouillant. A peine neuf semaines et il souriait déjà à son vieux papa.

» Et puis un soir je suis ressorti d'un drugstore avec un mobile à accrocher au-dessus du berceau du gosse. Moi ! Je disais toujours que les mouflets n'apprécient pas vraiment les cadeaux jusqu'au jour où ils sont assez grands pour dire merci. Et voilà que je lui achetais des babioles idiotes et, tout d'un coup, je me suis rendu compte que, de tous, c'était lui mon préféré. J'avais changé de boulot, une bonne place cette fois-là ; je vendais des accessoires de perceuse chez Cluett and Sons. Je me débrouillais bien et, quand Andy a eu un an, nous avons déménagé à Waterbury. Cet endroit nous rappelait trop de mauvais souvenirs.

» Et il y avait trop de placards.

» L'année suivante fut la meilleure que nous ayons connue. Je donnerais ma main droite pour la faire revenir. Nous vivions dans une rue calme, entourés de voisins agréables. Nous étions heureux. Une fois, j'ai demandé à Rita si elle n'était pas un peu inquiète. Vous savez, comme on dit, jamais deux sans trois. Mais elle m'a répondu qu'elle avait confiance, qu'Andy n'était pas comme les autres et que Dieu l'avait pris sous sa protection. (Il contemplait le plafond d'une façon morbide.) Tout a recommencé l'année dernière. Quelque chose s'est mis à changer dans la maison. J'ai pris l'habitude de laisser mes bottes dans l'entrée par crainte d'ouvrir la porte du placard. J'avais l'impression d'entendre des bruits mous comme si quelque chose de noir, de vert et d'humide palpitait dans le placard.

» Rita m'ayant demandé si je ne travaillais pas trop, je me suis remis à la battre, comme avant. Ça me rendait malade de les laisser tout seuls quand j'allais au boulot mais, malgré tout, j'étais content de sortir. Il m'était venu à l'idée que nous l'avions semé quand nous avions déménagé. Qu'il lui avait fallu partir en chasse, rôdant dans les rues pendant la nuit ou rampant dans les égouts. Il suivait notre piste. Ça lui avait pris un an, mais il nous avait retrouvés. Il en a après Andy et après moi, pensai-je. Je me suis dit aussi que, peut-être, si on pense très fort à quelque chose, que si on finit par y croire, eh bien, ça devient vrai. Peut-être que tous les monstres qui nous terrifient quand on est gosse, Frankenstein, les loups-garous et Dracula, peut-être qu'après tout ils existent vraiment. Peut-être qu'ils ont tué ces enfants prétendument tombés dans des puits, ou bien noyés dans un lac ou qu'on n'a tout simplement jamais retrouvés.

– Rattacheriez-vous un souvenir personnel à ces considérations, Mr Billings ?

Billings resta silencieux un long moment... Le chiffre des minutes cliqueta deux fois à l'horloge digitale. Puis, soudain, il reprit :

– Andy est mort en février. Rita était absente. Son père venait de lui téléphoner que sa mère avait eu un accident d'auto et qu'elle était dans un état désespéré. Elle était partie par le premier car, cette nuit-là.

» Sa mère est restée dans un état critique pendant plus de deux mois. J'avais trouvé une femme très bien pour garder Andy pendant la journée. Le soir, on était tout seuls, lui et moi. Et, de plus en plus fréquemment, je retrouvais les portes des placards ouvertes. (Billings se mouilla les lèvres.) Le gosse dormait dans la même chambre que moi. Ça aussi, c'est drôle. Une fois, quand il avait deux ans, Rita m'avait demandé si je voulais qu'on l'installe dans une autre chambre. D'après Spock, ou je ne sais quel autre charlatan dans ce genre, il paraît que c'est mauvais pour les enfants de dormir dans la même chambre que leurs parents. Mais, je ne voulais pas le changer de chambre. J'avais trop peur, après Denny et Shirl.

– Mais vous vous y êtes cependant résolu, n'est-ce pas ? demanda le Dr Harper.

– Ouais, fit Billings. (Il eut un sourire contraint.) Je l'ai fait. (Nouveau silence. Billings sembla ne plus savoir comment le rompre.) J'ai été obligé ! aboya-t-il enfin. J'ai bien été obligé ! Quand Rita était là, ça allait encore, mais, depuis qu'elle était partie, il ne se gênait plus. (Il tourna les yeux vers Harper et découvrit ses dents en une grimace féroce.) Oh ! vous ne me croirez jamais. Je sais ce que vous pensez, que je suis un dingue de plus à inscrire sur vos tablettes, mais vous n'étiez pas là, vous, espèce de fouille-merde pouilleux.

» Une nuit, toutes les portes de la maison se sont ouvertes brusquement. Et, un matin, en me levant, j'ai découvert une traînée de boue et de saletés qui traversait le vestibule du placard à manteaux jusqu'à la porte d'entrée. Est-ce qu'il sortait ? Est-ce qu'il rentrait ? Dieu m'est témoin que j'en sais rien. Tous les disques étaient rayés et couverts de vase, les miroirs étaient brisés... et ces bruits... (Il se passa la main dans les cheveux.) Vous vous réveillez à 3 heures du matin, tout est noir et, au début, vous vous dites : "Ça doit être la pendule." Mais, en faisant attention, vous entendez quelque chose qui bouge furtivement mais pas trop furtivement parce qu'il veut que vous l'entendiez. Un bruit glissant et un peu humide, comme celui que fait l'évier de la cuisine en se vidant. Ou un grattement comme feraient des griffes qui déraperaient sur la rampe de l'escalier. Et vous fermez les yeux en vous disant que c'est *mal* d'entendre toutes ces choses mais que le risque serait plus grand encore si soudain vous le *voyiez*, là...

» Et vous n'avez qu'une peur, c'est que les bruits ne s'arrêtent un instant et puis qu'un rire ne vous éclate à la figure, vous emplissant les narines d'une haleine puant le chou fermenté, et qu'alors des pattes ne se posent sur votre gorge... (Billings était livide ; il tremblait.) Alors j'ai mis Andy dans l'autre chambre. Je savais qu'*il* s'attaquerait à lui. Parce qu'il était le plus faible. Et c'est ce qui s'est passé. Dès la première fois, il s'est mis à hurler au milieu de la nuit et, finalement, lorsque j'ai levé le loquet pour entrer, je l'ai trouvé debout sur son lit qui criait : "Le croque-mitaine, papa... croque-mitaine... veux aller 'vec papa, aller 'vec papa."

Les yeux de Billings semblèrent emplir tout son visage ; il paraissait presque avoir rétréci sur le divan.

— Mais je ne pouvais pas. (Billings continuait de s'exprimer sur le mode aigu des enfants.) Une heure plus tard il y eut un horrible cri étranglé. Et je sus soudain combien j'aimais cet enfant, parce que je me précipitai dans la chambre sans même avoir allumé la lumière, j'ai couru, couru. Oh ! Jésus, Marie, Joseph. *Il* était là ; il le secouait exactement comme un chien secoue un morceau d'étoffe entre ses dents, et j'ai aperçu une forme aux épaules affaissées, avec une tête d'épouvantail, et j'ai senti une odeur qui me rappelait celle que répand une bouteille contenant une souris crevée et j'ai entendu... (Sa voix s'éteignit puis reprit des intonations d'adulte.) J'ai entendu le bruit que faisait le cou d'Andy en se rompant. (Billings s'exprimait maintenant d'une façon froide et morne.) On aurait dit le craquement qu'émet la glace quand vous patinez sur une mare gelée.

— Continuez...

— Oh ! j'ai couru, fit Billings sans changer de ton. Je suis allé dans un bar qui ne fermait pas de la nuit. Peut-on imaginer pire lâcheté ? Se précipiter dans un bar et boire six tasses de café. Je ne suis revenu à la maison qu'à l'aube. J'ai appelé la police avant même de monter dans la chambre. Il était allongé sur le sol et me fixait des yeux. Il m'accusait. Un petit filet de sang avait coulé de son oreille. Juste une goutte, en fait. Et la porte du placard était entrouverte..., à peine entrebâillée.

Il se tut. Harper jeta un coup d'œil sur la pendule digitale. Cinquante minutes s'étaient écoulées.

— Prenez rendez-vous avec mon assistante, dit-il. Ou plutôt, prenez-en plusieurs. Les mardis et les jeudis ?

— Je suis seulement venu pour vous raconter mon histoire, protesta Billings. Pour me débarrasser du poids qui pèse sur ma poitrine. J'ai menti à la police, vous comprenez ? Je leur ai dit que le gosse avait dû essayer de descendre de son lit en pleine nuit et... ils ont tout avalé. Evidemment. C'est exactement à ça que ça ressemblait. Un accident, comme pour les deux autres. Mais Rita savait. Rita... avait fini par comprendre...

Il enfouit son visage dans son bras droit et se mit à pleurer.

– Mr Billings, dit Harper après un instant de silence, il faudrait examiner tout cela en détail. Je pense que nous pouvons nous soulager d'une partie de la culpabilité que nous ressentons mais, pour cela, il faut en avoir le désir.

– Vous croyez que c'est ça ce que je veux ? hurla Billings en abaissant son bras.

On pouvait lire sa souffrance dans ses yeux gonflés et injectés de sang.

– Pas encore..., répondit tranquillement le Dr Harper. Alors, le mardi et le jeudi ?

– Maudit réducteur de crânes, marmonna Billings. C'est bon, c'est bon...

– Prenez rendez-vous avec mon assistante, Mr Billings. Et bonne journée.

Billings émit un rire sans joie et sortit hâtivement du salon, sans un regard en arrière.

Le bureau de l'assistante était vide. Posé sur la table, un petit écriteau portait ces mots : *Je reviens dans un instant.*

Billings fit demi-tour et retourna dans le salon.

– Docteur, votre assistante n'est...

La pièce était déserte.

Mais la porte du placard était ouverte. A peine entrebâillée.

– Eh oui, fit la voix à l'intérieur du placard. Eh oui.

On eût dit que les mots étaient prononcés par une bouche emplie d'algues pourries.

Billings resta cloué au sol tandis que la porte du placard s'ouvrait brusquement. Il eut la sensation confuse d'un liquide chaud lui coulant le long des cuisses.

– Eh oui, fit le croque-mitaine en s'extirpant du placard.

Il tenait encore son masque de Dr Harper d'une patte griffue.

Matière grise

Ils nous avaient annoncé la tempête depuis le début de la semaine et c'est jeudi qu'elle nous est tombée dessus ; une vraie tornade qui ne semblait pas décidée à se calmer. Nous étions cinq ou six habitués à traîner autour d'une bonne pinte « Aux Oiseaux de Nuit », dans le petit magasin de Henry qui était le seul de ce côté-ci de Bangor à rester ouvert vingt-quatre heures sur vingt-quatre.

On ne peut pas dire que Henry soit débordé – ses principaux clients sont les étudiants du coin – mais il s'en tire et nous permet à nous autres, les vieux gâteux, de nous retrouver pour échanger des considérations sur les derniers décès en date ou sur la façon dont le monde court à sa perte.

Cet après-midi-là, Henry se trouvait derrière son comptoir ; Bill Pelham, Bertie Connors, Carl Littlefield et moi-même nous disputions la chaleur du poêle. Dehors, pas une voiture ne s'aventurait dans Ohio Street et même les chasse-neige n'étaient pas à la fête.

Henry n'avait vu que trois clients de tout l'après-midi.

La porte s'ouvrit, laissant pénétrer une bouffée de l'air froid et gris du dehors, et un gamin entra, secouant la neige de ses bottes. Je ne le remis pas tout de suite. C'était le fils de Richie Grenadine et on aurait dit que le ciel venait de lui tomber sur la tête. Sa pomme d'Adam montait et descendait, et son visage avait pris l'aspect d'une vieille toile cirée.

– Mr Parmalee, supplia-t-il en roulant des yeux, il faut que vous veniez. Il faut que vous veniez lui apporter sa bière. J'veux pas retourner là-bas. J'ai peur.

– Eh ! doucement ! répondit Henry qui fit le tour du comptoir en enlevant son tablier blanc de boucher. Qu'est-ce qui se passe ? Ton père a trop bu ?

Je me dis soudain qu'on n'avait pas vu Richie depuis un bon bout de temps. D'habitude, cet homme gros et gras, aux bajoues de bouledogue et aux bras épais comme des jambons, venait chercher chaque jour une caisse de bière bon marché. Richie a toujours descendu des canettes de qualité inférieure mais, tant qu'il a travaillé à la scierie de Clifton, il l'a bien supporté. Puis un incident s'est produit – Richie a pilonné la mauvaise charge avec le désintégrateur, enfin, si l'on en croit ses dires – et il s'est retrouvé invalide du travail, libre comme l'air, vivant sur les indemnités que lui versait la compagnie. Quelque chose au dos. Quoi qu'il en soit, il s'est mis à grossir d'une façon phénoménale. Donc, on ne l'avait pas vu depuis quelque temps mais, plusieurs fois, j'avais aperçu son gamin qui venait lui chercher sa caisse de bière pour la nuit. Un brave gosse. Henry lui vendait la bière, sachant bien qu'il ne faisait qu'obéir aux ordres de son père.

– Bien sûr qu'il est soûl, répondit le môme, mais ce n'est pas de ça qu'il s'agit. C'est..., c'est... O mon Dieu ! c'est horrible !

Voyant qu'il allait se mettre à chialer, Henry fit précipitamment :

– Ça ne t'ennuie pas de tenir la caisse pendant une minute, Carl ?

– Pas du tout.

– Et maintenant, Timmy, tu vas venir avec moi dans la réserve et me dire de quoi il retourne.

Tandis qu'il emmenait le garçon, Carl alla se poster sur le tabouret de Henry, derrière le comptoir. Personne ne souffla mot pendant un moment. Nous pouvions les entendre, là-bas, Henry avec sa voix lente et grave, Timmy avec son timbre aigu et son débit précipité. Puis le gosse se mit à pleurer ; Bill Pelham se racla la gorge et entreprit de bourrer sa pipe.

– Ça fait bien deux mois que je n'ai pas vu Richie, remarquai-je.

– C'est pas une perte, grogna Bill.

– On l'a vu... Oh ! c'était bien la fin octobre, intervint Carl. Juste avant la Toussaint. Il a pris une caisse de Schlitz. Il faisait du lard comme pas possible.

Il n'y avait pas grand-chose d'autre à dire. Le garçon sanglotait toujours mais cela ne l'empêchait pas de parler. Dehors, le vent continuait de hurler. C'était la mi-janvier et je me demandai si quelqu'un avait vu Richie depuis octobre, à part son fils, évidemment.

La discussion se prolongea encore un peu, puis Henry réapparut en compagnie du gamin. Timmy avait ôté son manteau mais Henry avait enfilé le sien. Le garçon se grattait la poitrine comme on le fait quand le moment le plus pénible est passé, mais ses yeux étaient rouges et, quand il nous faisait face, il baissait la tête.

Henry paraissait préoccupé.

– Je me suis dit que j'allais envoyer Timmy là-haut pour que ma femme lui prépare une tartine de fromage. Dites, vous autres, y en a bien deux qui vont m'accompagner chez Richie ? Timmy dit qu'il réclame de la bière. Il m'a réglé.

Henry tenta de sourire mais le moment ne s'y prêtait guère et il laissa vite tomber.

– Mais oui, bien sûr, fit Bertie. Je vais chercher la bière.

Je me levai aussi. Bertie et moi étions désignés d'office. L'arthrite de Carl le fait trop souffrir par un temps pareil et Bill Pelham ne peut plus guère se servir de son bras droit.

Bertie rapporta quatre packs d'Harrow's et je les entassai dans un carton pendant que Henry conduisait le garçon dans l'appartement qui se trouvait juste au-dessus.

Il confia le môme à sa femme, puis redescendit, regardant par-dessus son épaule pour s'assurer que la porte d'en haut était bien fermée. On entendit la voix un peu excitée de Billy :

– Qu'est-ce qui se passe ? Est-ce que Richie a tabassé son gamin ?

– Non, répondit Henry. Je préfère rien dire maintenant. C'est une histoire de fous. Mais je vais vous montrer quelque chose. L'argent qu'il a donné à Timmy pour la bière.

Il extirpa quatre billets d'un dollar de sa poche, puis les brandit en les tenant par le coin, et ça se comprenait. Ils étaient tout couverts d'une mousse grisâtre. Il les posa sur le comptoir avec un drôle de sourire puis dit à Carl :

– Ne laisse personne y toucher. Pas même s'il n'y a que la moitié à garder dans ce que m'a raconté le gamin.

Il alla se laver les mains dans l'évier qui se trouvait près du comptoir où il découpait la viande.

Je m'emmitouflai dans mon caban et passai une écharpe. Ça ne valait pas la peine de prendre une voiture. Richie vivait dans un appartement tout en bas de Curve Street, c'est-à-dire aussi près que faire se peut ; de plus, c'était le dernier endroit à être dégagé par les chasse-neige.

Au moment où nous sortions, Bill Pelham nous lança :

– Soyez prudents, les gars !

Henry se contenta de hocher la tête et plaça le carton d'Harrow's sur un diable qu'il gardait près de la porte ; nous tirâmes.

Le vent nous sciait le visage et je dus couvrir mes oreilles de mon écharpe. Nous fîmes une pause sur le pas de la porte pour permettre à Bertie de tirer sur ses gants.

– C'est pas que je veuille vous effrayer, les gars, dit Henry en nous gratifiant à nouveau d'un sourire un peu contraint, mais je dois vous répéter tout ce que m'a dit le gamin avant qu'on arrive là-haut... je peux pas garder ça pour moi, vous comprenez ?

Il sortit un six-coups de calibre 45 de la poche de son manteau – c'était le revolver qu'il gardait chargé et prêt à servir sous son comptoir depuis le jour de 1958 où il avait décidé d'ouvrir vingt-quatre heures sur vingt-quatre. Je ne sais pas où il l'avait déniché mais je me rappelle qu'un jour il l'a brandi sous le nez d'un braqueur et que le mec est parti sans demander son reste. C'est d'accord, Henry n'était pas du genre à s'affoler.

Cela pour dire que Henry voulait que Bertie et moi sachions qu'il parlait sérieusement.

Nous avançâmes, le vent nous courbant comme des lavandières, tandis que Henry, qui tirait le diable, nous répétait ce que le garçon lui avait raconté. Les bourrasques tentaient d'emporter les mots avant qu'ils ne parviennent à nos oreilles, mais nous pûmes saisir l'essentiel de l'histoire. J'étais sacrément content que Henry ait eu son pétard bien au chaud dans la poche de son manteau.

D'après le gosse, c'était à cause de la bière... Vous savez, on peut toujours tomber sur une boîte pourrie. De la bière éventée, malodorante ou verte comme la pisse d'un singe. Une fois, un type m'a dit qu'il suffisait d'un minuscule petit trou pour laisser entrer les bactéries qui sont responsables de ce résultat dégoûtant. Même si le trou est minuscule au point que la bière ne s'écoule pas, les bactéries peuvent entrer. Et la bière fait les délices de ces bestioles.

Quoi qu'il en soit, le gosse racontait qu'une nuit d'octobre Richie avait rapporté une caisse de Golden Light et qu'il s'était assis pour la siffler pendant que Timmy faisait ses devoirs.

Timmy allait se mettre au lit lorsqu'il entendit son père s'exclamer :

– Bon Dieu ! C'est dégueulasse !

– Qu'est-ce qu'il y a, p'pa ?

– La bière, fit Richie. J'ai jamais eu un goût aussi dégueulasse dans la bouche.

La plupart des gens se demanderont pourquoi diable il a bu sa bière si elle avait un goût aussi épouvantable, mais je leur répondrai qu'ils n'ont sans doute jamais vu Richie Grenadine à l'œuvre. Un après-midi, je l'ai vu gagner le pari le plus incroyable auquel j'aie jamais assisté. Il avait assuré à un type qu'il pouvait descendre vingt bocks de bière en une minute. Personne d'ici n'aurait relevé le défi, mais ce représentant de Montpelier allongea un billet de vingt dollars et Richie couvrit l'enjeu. Il finit le vingtième avec sept secondes d'avance... Je suppose donc que Richie s'est envoyé la quasi-totalité de cette bière avariée avant que son cerveau n'ait eu l'occasion de réagir.

– Je vais dégueuler, annonça Richie. Regarde ailleurs.

Mais la bière avait déjà trouvé sa place et elle y resta. Timmy dit qu'il avait reniflé la boîte et que ça puait la charogne. Il y avait des petites gouttes grises autour du couvercle.

Deux jours plus tard, le gosse revient de l'école et trouve Richie en train de regarder le mélo de l'après-midi à la télé ; la pièce est plongée dans l'obscurité, tous les stores étant baissés.

– Qu'est-ce qui se passe ? demande Timmy, car son père rentre rarement avant 9 heures.

– Je regarde la télé, répond Richie. J'avais pas envie de sortir, aujourd'hui.

Timmy allume la lumière au-dessus de l'évier ; aussitôt, Richie se met à gueuler :

– Et éteins-moi cette putain de lampe !

Alors Timmy a éteint sans même lui demander comment il

allait se débrouiller pour faire ses devoirs dans le noir. Quand Richie est de cette humeur, mieux vaut le laisser tranquille.

– Va plutôt me chercher une caisse de bière, fait Richie. L'argent est sur la table.

Quand le gamin revient, son père est toujours assis dans l'obscurité, seulement, maintenant, il fait nuit aussi dehors. Et la télé est éteinte. Timmy commence à avoir la trouille. Il pose la bière sur la table, sachant que quand Richie la boit trop froide ça lui fait comme une barre au front, et c'est en s'approchant de son vieux qu'il commence à remarquer une odeur de pourriture, un peu comme celle d'un bout de fromage qu'on aurait laissé traîner sur le comptoir pendant tout le week-end. Mais le gamin ne pipe pas mot car, de toute façon, le vieil homme n'a jamais été un maniaque de la propreté. Il va dans sa chambre, ferme la porte et se met à ses devoirs ; au bout d'un moment, il entend que Richie a rallumé la télé puis qu'il fait claquer la languette de sa première boîte de la soirée.

Et ça a duré comme ça pendant deux semaines. Le gosse se levait le matin pour aller à l'école et lorsqu'il rentrait il trouvait Richie devant la télé et l'argent de la bière sur la table.

L'appartement empestait de plus en plus. Richie ne supportait plus que les stores soient levés et, à partir de la mi-novembre, il empêcha Timmy d'étudier dans sa chambre. Il disait que la lumière passait sous la porte. Timmy a pris l'habitude d'émigrer chez un camarade qui habitait dans le même pâté de maisons, tous les soirs, après avoir apporté la bière à son père.

Puis, un jour où Timmy rentrait de l'école – il était 4 heures et il faisait déjà presque nuit dehors –, Richie lui dit :

– Allume la lumière.

Le gamin fait ce qu'on lui dit et voilà que Richie est emmitouflé des pieds à la tête dans une couverture.

– Regarde, fait Richie.

Et une de ses mains se faufile hors de la couverture. Seulement, c'était pas exactement une main. *Quelque chose de gris*, c'était tout ce que le gamin avait réussi à dire à Henry. *Ça ne ressemblait absolument plus à une main. Une grosse masse grise, voilà ce que c'était.*

Bref, Timmy Grenadine a eu une peur bleue. Il crie :

– P'pa, qu'est-ce qui t'arrive ?

Et Richie fait :

– J' sais pas. Mais ça fait pas mal. Ce serait même plutôt agréable.

Alors, Timmy a dit :

– J' vais appeler le Dr Westphail.

Et la couverture s'est mise à s'agiter tout entière, comme si je ne sais quelle horreur tremblotait là-dessous – *partout*. Alors, Richie a gueulé :

– Essaie un peu. Si tu fais ça, je vais te toucher et voilà ce que tu deviendras.

Et baissant la couverture, il lui montre son visage ; juste une seconde.

A ce point du récit, nous parvînmes au croisement de Harlow et de Curve Street. Je me sentais encore plus froid que la température indiquée par le thermomètre publicitaire de Henry au moment où nous étions sortis. Un homme a du mal à croire de telles choses et, pourtant, des trucs incroyables, il s'en passe, de par le monde.

Nous nous arrêtâmes un instant au carrefour, en dépit du vent qui balayait la rue.

– Et alors, qu'est-ce qu'il a vu ? demanda Bertie.

– D'après lui, répondit Henry, il pouvait encore reconnaître son père, mais c'était comme si le vieux avait été enseveli dans de la gelée grise..., une vraie bouillie. Il a dit que ses vêtements étaient collés sur et *sous* sa peau, comme s'ils avaient fondu dans sa chair.

– Seigneur Jésus ! s'exclama Bertie.

– Ensuite, il a remonté la couverture et a braillé au gamin de fermer la lumière.

– C'est devenu un vrai champignon, dis-je.

– Oui, approuva Henry. Quelque chose comme ça.

– Garde ton revolver sous la main, lui conseilla Bertie.

– Oui, j'y veillerai.

Là-dessus, nous entreprîmes de tirer le diable dans Curve Street.

L'immeuble dans lequel Richie Grenadine avait son appartement était situé presque en haut de la colline ; c'était l'un de ces gros monstres victoriens tels qu'en construisirent les rois de la pâte à papier à la fin du siècle dernier. Quand Bertie eut repris son souffle, il nous dit que Richie habitait au troisième étage. J'en profitai pour demander à Henry ce qui était arrivé au gamin après ça.

– Un jour qu'il revenait à la maison, environ trois semaines plus tard, le gosse s'aperçut que Richie ne se contentait plus de baisser les stores. Il avait cloué des couvertures devant chaque fenêtre de la pièce. La puanteur devenait de plus en plus épaisse – c'était une odeur chargée d'humidité qui pouvait rappeler celle que dégagent les fruits qu'on fait fermenter avec de la levure.

» A peu près une semaine plus tard, Richie a demandé au gamin de lui mettre sa bière à tiédir sur le poêle. Je vous laisse imaginer le tableau. Ce gosse, livré à lui-même dans l'appartement avec son père qui se transforme en... Enfin, en je ne sais quoi... Obligé de lui chauffer sa bière et de l'entendre boire en faisant des grands *slurp* comme un vieillard qui aspire sa soupe.

» Et ça a continué comme ça jusqu'à aujourd'hui où le gosse a été libéré de l'école plus tôt que d'habitude à cause de la tempête.

» Timmy dit qu'il est rentré directement chez lui, reprit Henry. Il n'y a plus de lumière sur le palier – le gamin pense que son père a dû se glisser dehors, une nuit, pour casser l'ampoule – si bien qu'il est obligé de trouver sa porte à tâtons.

» Bref, il entend quelque chose qui remue à l'intérieur, et il lui vient soudain à l'esprit qu'il ne sait pas ce que Richie fait de toute la journée. Ça fait un mois qu'il n'a pas vu son père bouger de sa chaise... Pourtant, un homme doit bien dormir ou aller aux toilettes, de temps en temps.

» Il y a un judas au milieu de la porte, qu'on peut fermer de l'intérieur avec un loquet, mais il a toujours été cassé depuis qu'ils habitent là. Alors le gosse s'est faufilé jusqu'à la porte, a entrebâillé le guichet et a jeté un œil à l'intérieur.

Nous étions maintenant parvenus au bas des marches et l'immeuble se profilait devant nous tel un visage long et grimaçant avec les fenêtres du troisième étage en guise d'yeux. Je levai la tête et, de fait, ces deux fenêtres étaient noires comme du charbon. Comme si quelqu'un les avait masquées avec des couvertures ou bien en avait passé les carreaux à la peinture.

– Il lui a fallu une minute pour que ses yeux s'habituent à l'obscurité. Alors, il a vu une énorme masse grise, sans le moindre rapport avec un homme, qui rampait sur le sol, laissant derrière elle une traînée grisâtre et visqueuse. Puis un bras s'est extirpé de ce tas – enfin, quelque chose qui pouvait passer pour un bras – et il a arraché l'une des lattes de la cloison. Il en a sorti un chat.

Henry s'interrompit une seconde. Bertie se battait les flancs pour lutter contre le froid sibérien qui régnait dans la rue, mais aucun d'entre nous ne se sentait encore prêt à monter.

– Un chat mort, reprit Henry. Putréfié. Timmy a dit qu'il avait l'air tout gonflé et que des petites bestioles blanches grouillaient dessus...

– Tais-toi, fit Bertie. Ah ! tais-toi, pour l'amour de Dieu !

– Et puis son père l'a mangé.

J'essayai de ravaler le goût de fiel qui m'était monté à la bouche.

– C'est à ce moment-là que Timmy s'est enfui, acheva Henry.

– Je ne crois pas que je vais grimper là-haut, fit Bertie.

Henry ne fit pas de commentaires, se contentant de nous regarder, Bertie, puis moi, puis encore Bertie.

– Nous ferions mieux d'y aller, fis-je. Nous avons la bière de Richie.

Bertie n'ayant rien répondu, nous montâmes les marches et traversâmes l'entrée de l'immeuble. L'odeur m'assaillit.

Avez-vous déjà pénétré dans une cidrerie en été ? Le parfum des pommes y règne toute l'année, mais en été, l'odeur est juste à la limite du supportable. Ici, c'était comme ça, mais en légèrement pire.

Le rez-de-chaussée était éclairé par une lueur jaunâtre emprisonnée dans du verre dépoli. Ensuite, les marches se perdaient dans l'obscurité.

Henry redressa le diable et, tandis qu'il déchargeait la caisse de bière, j'appuyai sur le bouton de la minuterie pour éclairer les étages. L'ampoule du deuxième était morte, comme l'avait affirmé le garçon.

– Je monte la bière, dit Bertie d'une voix tremblante. Toi, tu t'occupes du revolver.

Henry ne discuta pas. Il sortit l'arme de sa poche et nous montâmes les escaliers, Henry le premier et Bertie fermant la marche avec sa caisse dans les bras. Comme nous approchions du deuxième étage, la puanteur se fit carrément intolérable. Derrière l'odeur de pommes pourries en était apparue une autre, plus nauséabonde encore.

Jusqu'alors je m'étais entêté à croire qu'il pouvait s'agir d'une quelconque plaisanterie, mais, cette fois-ci, je dus renoncer à cette idée.

— Bon sang, mais comment se fait-il que les voisins ne viennent pas se plaindre ? m'étonnai-je.

— Quels voisins ? demanda Henry.

Je jetai un coup d'œil autour de moi et remarquai qu'une couche de poussière recouvrait tout le palier ; toutes les portes du deuxième étage paraissaient condamnées.

— Je me demande qui est le propriétaire ? fit Bertie, en se soulageant du poids de la caisse sur le pilastre de la rampe le temps de reprendre son souffle. Gaiteau ? J' suis étonné qu'il ne l'ait pas déjà foutu dehors.

— Qui voudrait grimper ici pour le vider ? demanda Henry.

Bertie n'insista pas.

Les marches qui menaient au troisième étage étaient plus étroites et plus raides que les précédentes. Et il faisait de plus en plus chaud. Mes tripes commençaient à faire des nœuds tant l'odeur devenait insoutenable.

Le dernier palier ne donnait que sur une seule porte dans laquelle se découpait un judas.

Bertie ne put réprimer un petit cri de dégoût puis chuchota :

— Regarde sur quoi on marche !

Je baissai les yeux et aperçus la matière visqueuse qui s'était répandue en petites flaques sur le sol. Il y avait sans doute eu un tapis mais cette substance grise l'avait complètement bouffé.

Henry s'approcha de la porte et nous l'imitâmes. Je ne sais pas comment se sentait Bertie mais, moi, je tremblais de tous mes membres. En tout cas, Henry n'a pas hésité une seconde ; il leva son revolver et cogna à la porte avec la crosse.

— Richie ? appela-t-il. (Sa voix ne trahissait pas la moindre peur, bien que son visage fût pâle comme la mort.) C'est Henry Parmalee. Je t'apporte ta bière.

Il n'y eut pas de réponse pendant peut-être une minute puis une voix fit :

— Où est Timmy ? Où est mon fils ?

J'ai failli m'enfuir à ce moment-là. Cette voix n'avait plus rien d'humain. Elle était étrange, basse et glougloutante comme si celui qui parlait avait la bouche pleine de saindoux.

– Il est au magasin, répondit Henry. Il a besoin d'un repas convenable. Ce gosse n'a plus que la peau sur les os, Richie.

Il y eut un silence puis d'horribles bruits de succion évoquant le pas d'un homme chaussé de bottes de caoutchouc marchant dans la boue. Une voix d'outre-tombe se fit entendre de l'autre côté de la porte.

– Ouvre la porte et pousse cette bière à l'intérieur, fit-elle. Mais il faut que tu arraches toutes les languettes des boîtes parce que je peux pas.

– Une seconde, dit Henry. A quoi tu ressembles, Richie, là-dedans ?

– T'occupe, répondit la voix qui frémissait d'une écœurante impatience. Envoie la bière et tire-toi.

– T'as mieux que des chats crevés à bouffer, hein, maintenant ? dit Henry d'un ton empreint de tristesse.

Il ne tenait plus le revolver par le canon ; maintenant, c'était du sérieux.

Et, brusquement, j'aboutis aux conclusions auxquelles Henry était déjà parvenu, peut-être même dès son entretien avec Timmy. Lorsque j'eus compris, l'odeur de pourriture me sembla soudain décupler. Au cours des trois dernières semaines, on avait signalé en ville la disparition de deux jeunes filles et d'un vieil ivrogne qui avait ses habitudes à l'Armée du Salut – chaque fois après la tombée de la nuit.

– Envoie la bière ou je vais la chercher, menaça la voix.

Henry nous fit signe de reculer.

– Je crois bien qu'il va falloir, Richie.

Il arma son revolver.

Il ne se passa plus rien pendant un bon moment. A la vérité, je commençais à croire que ça en resterait là. Puis la porte se bomba et céda si brutalement qu'elle alla se fracasser contre le mur. Richie apparut.

C'était juste une seconde avant que Bertie et moi ne nous mettions à dévaler les escaliers quatre à quatre comme des écoliers ; nous nous retrouvâmes dans la neige, trébuchant et dérapant.

En descendant, nous avions entendu les trois coups de feu tirés par Henry dont les murs de cette maison vide et maudite transformèrent l'écho en déflagration de grenades.

Je me souviendrai de ce que nous avons vu pendant cette fraction de seconde jusqu'à la fin de ma vie – enfin, de ce qu'il en reste. C'était comme une énorme montagne de gelée grise, de la gelée qui aurait pris forme humaine et laissait derrière elle une traînée visqueuse.

Mais ce n'était pas le pire. Aplatis, jaunâtres et sauvages, ses yeux ne reflétaient plus la moindre humanité. Seulement, maintenant, il en avait quatre, et, juste entre les deux paires d'yeux, se trouvait un filament blanc qui laissait entrevoir une sorte de chair rose et palpitante ; on aurait dit l'entaille ouverte par le couteau dans le ventre d'un porc.

Il se divisait, vous comprenez. Il était en train de se diviser en deux.

Bertie et moi retournâmes au magasin sans échanger le moindre mot. Je ne sais pas ce qu'étaient ses pensées mais je sais bien ce qui obsédait les miennes : la table de multiplication. Deux fois deux font quatre, deux fois quatre huit, deux fois huit seize, deux fois seize...

Quand nous arrivâmes, Carl et Bill Pelham se levèrent précipitamment et nous assaillirent de questions. Mais nous ne nous sentions pas le cœur de répondre. Nous nous contentâmes de tourner en rond, guettant si Henry apparaissait, dehors, sur la neige. J'en étais à deux fois trente-deux mille sept cent soixante-huit font la fin de l'espèce humaine et nous nous assîmes là, nous rasserénant à grand renfort de bière, et nous attendîmes de voir lequel des deux allait le premier ouvrir la porte. Et nous sommes toujours là.

Pourvu que ce soit Henry. Pourvu.

Petits soldats

– Mr Renshaw ?

Rappelé à mi-chemin de l'ascenseur par la voix du réceptionniste, Renshaw se retourna impatiemment, faisant passer d'une main à l'autre son sac de voyage. L'enveloppe qui se trouvait dans la poche de son manteau était bourrée à craquer de billets de vingt et de cinquante. L'affaire avait été rondement menée et le salaire excellent – même une fois déduits les quinze pour cent que raflait l'Organisation en échange de ses services. Il n'avait plus envie que d'une douche bien chaude, d'un gin tonic et d'une bonne nuit de sommeil.

– Qu'est-ce qu'il y a ?

– Un paquet, monsieur. Voulez-vous signer le reçu ?

Renshaw signa puis regarda pensivement le paquet rectangulaire. Son nom et l'adresse de l'hôtel avaient été rédigés sur l'étiquette d'une écriture penchée et pointue qui ne lui était pas inconnue. Il secoua le paquet et entendit un petit cliquetis.

– Dois-je vous le faire monter, Mr Renshaw ?

– Je le prends, merci.

Il mesurait près de cinquante centimètres de long et n'était pas facile à coincer sous le bras. Une fois dans l'ascenseur, Renshaw le posa sur le tapis puis fit jouer sa clé dans la serrure qui, placée au-dessus de la rangée des boutons, permettait d'accéder directement à l'appartement aménagé sous le toit. La cabine décolla silencieusement et sans heurts. Il ferma les yeux.

Comme toujours, tout avait commencé par un coup de téléphone de Cal Bates :

– Tu es libre, Johnny ?

Il était libre deux fois par an, mais jamais à moins de dix mille dollars. C'était un vrai pro, digne de confiance, mais ses clients le recherchaient avant tout pour son infaillible instinct de prédateur. John Renshaw était un rapace humain que ses gènes et son environnement avaient conditionné à être inégalable en deux circonstances : quand il fallait tuer et quand il fallait survivre.

Ensuite, il avait trouvé une enveloppe de papier bulle dans sa boîte aux lettres. Un nom, une adresse, une photographie. Seule destinataire, sa mémoire. Puis, dévalant la pente du vide-ordures, les cendres de l'enveloppe et de son contenu.

Cette fois-ci, la photographie lui avait montré le visage d'un homme d'affaires au teint bistre, un certain Hans Morris, fondateur et propriétaire d'une fabrique de jouets, la Morris Toy Company. Quelqu'un voulait se débarrasser de Morris et avait pris contact avec l'Organisation. Et l'Organisation, en la personne de Calvin Bates, s'était adressée à John Renshaw. *Pan !* Sans fleurs ni couronnes.

Les portes s'écartèrent, il ramassa son paquet et sortit. Quelques instants plus tard, il pénétrait dans la suite. A ce moment de la journée, juste après 15 heures, la vaste salle de séjour était tout éclaboussée du soleil d'avril. Il s'approcha de la petite table près de la porte pour se débarrasser du paquet et de la précieuse enveloppe. Il desserra sa cravate et se dirigea vers la terrasse.

Il fit coulisser la grande baie vitrée et sortit. Il faisait si froid que la morsure du vent traversait son mince pardessus. Renshaw embrassa la ville du regard comme un général contemple un pays conquis. On était mieux ici. Sacrément mieux que dans le ruisseau.

Il rentra pour aller prendre une longue douche brûlante.

Lorsque quarante minutes plus tard, un verre à la main, il s'assit pour examiner enfin son paquet, l'ombre avait dévoré la moitié de la moquette lie-de-vin ; l'après-midi tirait à sa fin.

C'était une bombe.

Non, bien sûr, ce n'en était pas une, mais en pareil cas, on commence par se méfier. Car c'est en commençant par se méfier qu'en pareil cas on continue à profiter de la vie au lieu, comme tant d'autres, d'aller pointer là-haut, au grand bureau de chômage dans le ciel.

En tout cas, ce n'était pas une bombe à retardement. Elle était là, devant lui, silencieuse, narquoise, énigmatique. Maintenant, de toute façon, on utilise plus facilement le plastic. C'est moins capricieux que ces minuteries fabriquées par Westclox et Big Ben.

Renshaw examina le cachet de la poste. Miami, le 15 avril. Ça faisait cinq jours. Non, si cela avait été une bombe à retardement, elle aurait déjà explosé dans le coffre-fort de l'hôtel.

Miami. Vu. Et cette écriture penchée, pointue. Il avait aperçu une photo encadrée sur le bureau de l'industriel au teint bistre. Affublée d'un fichu, la vieille taupe avait la figure encore plus jaune que Morris. En bas, coupant le coin, était inscrite cette dédicace : *De la part de ton idéal féminin. Ta maman.*

Immobile, les mains croisées, dans la plus extrême concentration, Renshaw observa le paquet. Il ne se laissa distraire par aucune préoccupation extérieure, ne se demandant même pas comment l'idéal féminin de Morris avait bien pu découvrir son adresse. Les questions, il les poserait plus tard, à Cal Bates. Pour l'instant, elles n'étaient pas d'actualité. D'un mouvement soudain et presque machinal, il tira de son portefeuille un petit calendrier de celluloïd et le glissa précautionneusement sous la ficelle qui emprisonnait le papier brun. Il souleva le morceau de scotch qui maintenait l'un des rabats de l'emballage. La pointe de papier se libéra, butant contre la ficelle.

Il s'interrompit, l'œil aux aguets, puis se pencha pour flairer le paquet. Du carton, du papier, de la ficelle. Rien d'autre. Il fit le tour de la boîte, s'accroupit, puis répéta l'opération.

L'un des rabats se libéra de l'emprise de la ficelle, révélant une boîte d'un vert sombre. Boîte métallique ; couvercle à charnière. Il tira un canif de sa poche et coupa la ficelle. Elle tomba et, de la pointe de son couteau, Renshaw dégagea la boîte.

En blanc sur le fond vert se découpaient ces mots : G.I. JOE – BOÎTE VIETNAM. Et, juste en dessous, en noir, figurait cette liste : 20 fantassins, 10 hélicoptères, 2 hommes avec mitrailleuse, 2 hommes avec bazooka, 2 ambulanciers, 4 jeeps. Puis, encore en dessous : un drapeau en décalcomanie. Tout en bas, dans un coin : Morris Toy Company, Miami, Floride.

Il posa la main sur la boîte mais la retira aussitôt. Quelque chose avait bougé à l'intérieur.

Renshaw se leva puis posément traversa la pièce en direction de la cuisine et de l'entrée. Il fit de la lumière.

La Boîte G.I. Joe remuait, faisant glisser sous elle le papier brun. Soudain déséquilibrée, elle tomba sur la moquette avec un bruit sourd, atterrissant sur la tranche. Le couvercle s'entrebâilla de quelques centimètres.

De minuscules fantassins, hauts d'environ quatre centimètres, s'échappèrent en rampant de la boîte. Renshaw les observa sans ciller. Son esprit ne perdit pas de temps à mettre en doute ce qu'il voyait – seule l'évaluation de ses chances l'intéressait.

Chaque minuscule soldat portait un treillis, un casque et un paquetage. Une carabine miniature était jetée en travers de leurs épaules. Deux d'entre eux gratifièrent Renshaw d'un bref coup d'œil. Leurs yeux étincelaient, pas plus gros que des billes de stylo.

Cinq, dix, douze, tous les vingt furent là. L'un, qui faisait de grands gestes, commandait aux autres. Ils s'alignèrent le long du couvercle entrouvert par la chute et commencèrent à pousser. La fente s'élargit progressivement.

Renshaw saisit l'un des gros coussins du canapé et s'avança vers eux. L'officier se retourna en gesticulant. Les autres l'imitèrent, empoignant leur fusil. Renshaw entendit comme des claquements à peine perceptibles puis eut soudain l'impression d'être piqué par des abeilles.

Il jeta le coussin. La masse balaya les soldats puis rebondit contre la boîte qu'elle ouvrit toute grande. Tel un vol de moustiques bourdonnants, une nuée d'hélicoptères miniatures camouflés en vert s'en échappa.

Tac ! Tac ! Au moment où les infimes déflagrations parvenaient à ses oreilles, Renshaw vit, au milieu des portes ouvertes des hélicoptères, les éclairs que crachaient les gueules grandes comme des têtes d'épingle. De petits dards s'enfoncèrent dans son ventre, dans son bras droit et dans son cou. Sa main fondit sur l'un des engins, l'attrapa... une onde de douleur parcourut ses doigts ; le sang jaillit. Les pales tourbillonnantes avaient entaillé ses phalanges jusqu'à l'os. Les autres hélicoptères quittèrent un à un l'alignement pour commencer à tourner autour de lui. Celui qu'il avait fauché piqua sur le tapis et s'écrasa.

Une douleur fulgurante traversa son pied ; Renshaw ne put réprimer un cri. Grimpé sur sa chaussure, l'un des fantassins lui tailladait la cheville à coups de baïonnette.

D'un coup de pied, Renshaw l'envoya se fracasser sur le mur, de l'autre côté de la pièce. Ce ne fut pas du sang qui coula mais un liquide pourpre et visqueux.

Il y eut une explosion, presque un éternuement, et une sensation atroce lui déchira la cuisse. L'un des servants s'était posté à côté du nécessaire et un panache de fumée s'échappait paresseusement de son bazooka. Renshaw examina sa jambe et aperçut dans son pantalon un petit trou noir et fumant de la taille d'une pièce de monnaie. Dessous, la chair était carbonisée.

« Il m'a eu, ce petit salaud ! »

Il traversa l'entrée en courant, se précipita dans sa chambre. L'un des hélicoptères frôla sa joue. Une mitrailleuse crépita. Puis il s'éloigna.

Le 44 Magnum qui se trouvait sous son oreiller était assez puissant pour faire un trou gros comme le poing dans n'importe quelle cible. Renshaw fit volte-face, tenant le revolver à deux mains. Froidement, il prit conscience qu'il devait abattre une cible mouvante pas plus grosse qu'une ampoule électrique.

Deux hélicoptères pénétrèrent dans la chambre. Assis sur le lit, Renshaw tira une première fois. L'un des engins se désintégra. Et de deux, pensa-t-il. Il visa de nouveau... pressa la détente.

« Il a bougé ! Saloperie ! Il a bougé ! »

Décrivant un brusque arc de cercle, l'hélicoptère fondit sur lui. Accroupi dans l'encadrement de la porte, l'homme qui tenait la mitrailleuse de l'hélicoptère tira plusieurs rafales brèves. Renshaw se jeta sur le sol et roula sur lui-même.

« Mes yeux ! Le salaud voulait m'avoir aux yeux ! »

Il se retrouva sur le dos près du mur opposé, tenant son arme à hauteur de poitrine. Mais l'assaillant battait en retraite. Il sembla faire du surplace pendant un moment puis disparut en direction du salon, s'inclinant devant la force de feu supérieure de Renshaw.

Renshaw se leva, tressaillant de douleur quand il s'appuya sur sa jambe blessée. Elle saignait abondamment.

Il déchira la taie de l'oreiller en lanières dont il se servit pour bander sa jambe, ramassa le miroir de toilette qui se trouvait sur la commode et se posta près de la porte de l'entrée. Il s'agenouilla puis posa le miroir sur le tapis, l'orientant de façon à pouvoir tout observer.

Ils installaient un campement près de la boîte. Les soldats miniatures s'affairaient, montant les tentes. Des jeeps de cinq centimètres de haut semblaient accomplir des tâches de la plus haute importance. Un ambulancier s'occupait du soldat que Renshaw avait envoyé bouler. Au-dessus, les huit hélicoptères rescapés formaient un essaim protecteur, tournant à hauteur de table à thé.

Soudain, ils remarquèrent la présence du miroir et, mettant un genou à terre, trois fantassins commencèrent à tirer. Le miroir vola en éclats. « *C'est bon, c'est bon, j'ai compris.* »

Renshaw revint vers la commode et s'empara de la lourde boîte en acajou que Linda lui avait offerte à Noël. Il la soupesa, s'approcha de la porte de l'entrée puis la franchit d'un seul élan. Il banda ses muscles et balança la boîte. Elle fila à toute vitesse, fauchant les homoncules comme des quilles. L'une des jeeps décrivit deux tonneaux. Renshaw s'approcha de la porte du salon, repéra l'un des soldats étendus et lui régla son compte.

Plusieurs d'entre eux s'étaient remis. Certains étaient agenouillés, s'obstinant à tirer. D'autres s'abritaient. D'autres encore s'étaient réfugiés dans le nécessaire.

Les piqûres d'abeille commencèrent à cribler ses jambes et son torse, mais aucune ne l'atteignit plus haut que la cage thoracique. Peut-être n'était-ce pas à leur portée.

Il manqua son tir suivant – ils étaient si ridiculement petits – mais, la fois d'après, il écrabouilla un autre soldat.

Les hélicoptères le chargeaient férocement. Maintenant, les balles minuscules se fichaient dans son visage, au-dessus et au-dessous de ses yeux. Il abattit l'engin de tête, puis le second.

La formation se dédoubla pour battre en retraite. Il épongea de l'avant-bras le sang qui coulait sur son visage. Il s'apprêtait à tirer de nouveau quand il se figea. Les soldats qui s'étaient réfugiés dans la boîte avaient entrepris d'en extirper quelque chose. Quelque chose qui ressemblait à...

Il y eut une flamme jaune, un crépitement ; une gerbe de bois pulvérisé et de plâtre jaillit du mur sur sa gauche.

« ... *un lance-roquettes !* »

Il le mit en joue, le manqua, fit volte-face et se précipita vers la salle de bains, tout au bout du couloir. Il verrouilla la porte. Le miroir lui renvoya l'image d'un Indien rendu fou par la bataille, au visage couvert de petites stries de peinture rouge dégoulinant d'alvéoles où l'on eût à peine pu loger un grain de poivre. Un lambeau de peau pendait encore à sa joue. Un profond sillon était creusé dans son cou.

« *Je perds !* »

Il passa une main tremblante dans sa chevelure. Ils avaient coupé l'accès à la porte d'entrée. L'accès à la cuisine et au téléphone. Et ils avaient ce satané lance-roquettes ; un coup bien ajusté pouvait lui arracher la tête.

« *Bon sang, celui-là ne figurait même pas sur la liste !* »

Il avala un long trait d'air puis le recracha dans un grognement soudain car un morceau de la porte, à peine plus gros que le poing, venait de voler en éclats. De brèves flammes brûlèrent le bord déchiqueté du trou puis il aperçut l'éclair d'un second tir. Des fragments de bois incandescent tombèrent sur le tapis de bain. Il les dispersa du pied tandis que deux hélicoptères s'engouffraient dans l'orifice en bourdonnant agressivement. Les mitrailleuses lui dardaient la poitrine.

Avec un rugissement de rage, Renshaw gifla l'un des appareils de sa main nue ; les pales se plantèrent dans sa paume. Mû par une inspiration désespérée, il jeta sur l'autre hélicoptère une lourde serviette de bain ; l'engin tomba vers le sol en tournoyant ; Renshaw le piétina. Son souffle se faisait de plus en plus rauque. Du sang coula dans son œil, chaud et piquant ; il l'essuya.

« *Voilà. Voilà, bon Dieu. Ça les fera réfléchir.* »

Et, en effet, cela sembla les faire réfléchir. Ils se tinrent tranquilles pendant un quart d'heure. Renshaw s'assit sur le rebord de la baignoire, de fiévreuses pensées se bousculant dans sa tête. Il fallait trouver une issue à cette impasse. Il devait y en avoir une.

Il repéra la petite lucarne au-dessus de la baignoire. Il y avait un moyen.

Son regard accrocha le flacon d'éther sur l'armoire à pharmacie. Il s'apprêtait à s'en saisir quand un frottement attira son attention.

Il se retourna brusquement, braquant son Magnum... mais ce n'était qu'un petit bout de papier qu'on venait de glisser sous la porte. Renshaw remarqua avec une grimace sarcastique que l'interstice était trop étroit pour que l'un d'*eux* puisse passer.

Le morceau de papier portait deux mots tracés en lettres minuscules :

Rends-toi !

Renshaw esquissa un rictus, confiant le flacon d'éther à sa poche de poitrine. Du même geste, il en extirpa un bout de crayon mordillé. A son tour, il griffonna deux mots au dos du papier qu'il retourna à l'envoyeur.

DES CLOUS !

Aussitôt, la salle de bains fut pilonnée par les roquettes et Renshaw dut reculer. Elles fusaient par le trou ouvert dans la porte puis explosaient contre le carrelage bleu pâle au-dessus du porte-serviettes, transformant le mur coquet en une maquette de paysage lunaire. Renshaw se protégea les yeux de la main tandis que le plâtre s'effritait sous la brûlante volée d'obus. Perçant de petits trous fumants dans sa chemise, les balles criblèrent son dos.

Le tir ayant cessé, Renshaw se mit en mouvement. Il grimpa sur la baignoire et ouvrit le vasistas. Les étoiles glacées le contemplaient. L'ouverture était étroite, et le rebord, en dessous, ne l'était pas moins.

Il se hissa jusqu'à la lucarne et l'air froid gifla de plein fouet son visage et son cou lacérés. En équilibre sur les mains, Renshaw regarda quarante étages plus bas. Vue du toit, la rue ne paraissait guère plus large qu'un petit train électrique.

Avec l'apparente facilité d'un gymnaste entraîné, Renshaw ramena ses jambes sur le rebord du vasistas. Si l'un des hélicoptères se faufilait maintenant par le trou de la porte, il suffirait d'une seule balle et il ferait le grand saut.

Rien.

Il fit glisser son pied jusqu'au rebord extérieur, agrippant la corniche d'une main. Une seconde plus tard, il était debout au-dessus du vide.

S'efforçant de ne pas penser au gouffre auquel il tournait le dos ou à ce qui arriverait si l'un des hélicoptères le prenait en chasse, Renshaw progressa vers l'angle de l'immeuble.

Cinq mètres..., trois... Ça y est. Il s'arrêta, la poitrine écrasée contre la paroi, les mains adhérant à la surface rugueuse.

Maintenant, ce satané coin.

Doucement, il fit passer un pied de l'autre côté de l'angle et

reporta dessus tout son poids. L'arête lui scia le ventre et la poitrine.

Son pied gauche glissa.

Il chancela au-dessus du vide pendant une fraction de seconde, battant frénétiquement l'air de son bras droit pour retrouver l'équilibre, puis étreignit farouchement les deux côtés du bâtiment, le visage cisaillé par l'arête vive, et le souffle court.

Progressivement, il amena son second pied de l'autre côté.

Dix mètres plus loin, la terrasse de sa salle de séjour faisait saillie.

Il continua de se déplacer en crabe, hors d'haleine. Par deux fois, un coup de vent semblant vouloir lui faire perdre prise, il doit s'arrêter.

Il tenait enfin la balustrade de fer forgé.

Il l'escalada sans un bruit. Il avait laissé les rideaux à demi tirés sur la baie vitrée, et put donc risquer un coup d'œil prudent. Ils lui tournaient le dos, exactement comme il l'avait espéré.

Quatre soldats et un hélicoptère montaient la garde devant la boîte. Le reste de la troupe et le lance-roquettes devaient être postés face à la porte de la salle de bains.

Parfait. On fait irruption comme un flic. On liquide ceux du séjour et, hop, direction la sortie. A l'aéroport par le premier taxi. Une fois à Miami, trouver l'idéal féminin de Morris. Peut-être pourrait-il lui griller le visage au chalumeau. Ce serait un juste retour des choses.

Il ôta sa chemise et arracha une longue bande de tissu à l'une des manches. Il laissa tomber la loque à ses pieds puis fit sauter le bouchon du flacon d'éther. Il y enfonça une partie de la bande, la retira, puis inséra l'autre extrémité du lambeau de tissu dans la petite bouteille d'où sortait ainsi une mèche imbibée d'éther d'environ dix centimètres.

Il prit son briquet, inspira profondément, et battit la molette. Il enflamma le tissu, fit glisser la baie vitrée et plongea dans le salon.

L'hélicoptère réagit instantanément et le chargea à la façon des kamikazes.

Renshaw lança le bras en avant, remarquant à peine la vague de douleur qui déferla jusqu'à son épaule quand les pales tournoyantes lacérèrent sa chair.

Les fantassins lilliputiens se réfugièrent dans la boîte.

Ensuite, tout alla très vite.

Renshaw balança le flacon qui se transforma en une boule de feu. Il se rua en direction de la porte.

Il ne sut jamais ce qui lui était arrivé.

Le fracas qui retentit aurait pu faire penser à un coffre-fort tombant d'une hauteur respectable. Seulement, la vibration se propagea jusqu'aux fondations de l'immeuble.

La porte de la suite fut arrachée de ses gonds et alla s'écraser sur le mur opposé.

Un homme et une femme qui passaient devant l'hôtel levèrent les yeux, tous deux alertés par un grand éclair blanc ; on eût dit que cent armes à feu avaient tiré au même instant.

– Quelqu'un a fait sauter les plombs, dit l'homme. Enfin, je suppose...

– Qu'est-ce que c'est que ça ? demanda la jeune fille.

Quelque chose planait doucement vers eux. L'homme s'en saisit.

– Bon Dieu, une chemise. Il y a plein de petits trous. Et du sang.

– Je n'aime pas ça, fit nerveusement la fille. T'appelles un taxi, hein, Ralph ? Les flics vont nous interroger s'il s'est passé quelque chose là-haut, et je ne suis pas censée me trouver avec toi.

– Mais oui, bien sûr

Il jeta un coup d'œil alentour, aperçut un taxi et le siffla. Ils coururent.

Derrière eux, un petit morceau de papier qu'ils n'avaient pas remarqué atterrit près des vestiges de la chemise de John Renshaw. Une petite écriture penchée et pointue avait rédigé ces mots :

Hé ! les gars ! Un superbonus dans cette Boîte Vietnam
(Attention ! Il s'agit d'une offre limitée.)
1 lance-roquettes.
20 missiles sol-air à tête chercheuse.
1 mini-bombe atomique.

Poids lourds

Le type s'appelait Snodgrass et, au point où il en était, je le sentais capable de n'importe quoi. Avec ses yeux écarquillés dont on ne voyait quasiment plus que le blanc, il avait l'air d'un animal qui va mordre. Les deux jeunes gens qui avaient atterri en catastrophe dans le parking à bord de leur vieille Fury essayaient de lui parler mais il regardait ailleurs, comme s'il entendait des voix. Sa bedaine était comprimée dans un complet de bonne qualité dont le fond du pantalon luisait d'usure. Il était représentant et sa mallette pleine d'échantillons montait la garde à ses pieds, tel un chien fidèle.

– Essayez encore la radio, dit le routier accoudé au comptoir.

Haussant les épaules, le cuistot tourna le bouton. Il chercha à capter une station mais n'obtint que des parasites.

– Vous allez trop vite, protesta le chauffeur. Vous avez bien dû en rater une.

– Merde, répliqua le cuistot.

C'était un vieux Noir dont le sourire jetait des reflets d'or. Il ne regardait pas le routier, observant le parking par la vitre qui faisait toute la longueur de la salle.

Il y avait là sept ou huit poids lourds dont les moteurs tournaient au ralenti, ronronnant comme de gros chats. Deux Mack, un Hemingway, et quatre ou cinq Reo. Des semi-remorques, spécialisés dans le transport longue distance, bardés de plaques de toutes sortes et à l'arrière desquels se dressaient des antennes.

La Fury du jeune couple était immobilisée sur le toit, tout au bout d'une longue et sinueuse traînée qui avait noirci le bitume irrégulier du parking. Elle avait été chahutée d'une façon insensée. A l'entrée de l'aire de stationnement gisait la carcasse d'une Cadillac. Ouvrant la bouche comme un poisson hors de l'eau, le conducteur scrutait son pare-brise étoilé. Ses lunettes d'écaille pendaient de l'une de ses oreilles.

A mi-chemin entre la Cadillac et le parking était étendu le corps d'une jeune femme vêtue d'une robe rose. Elle avait sauté de la voiture quand elle avait vu qu'ils ne pourraient plus leur échapper. Elle s'était mise à courir désespérément mais ils ne lui avaient laissé aucune chance. Bien qu'elle eût le visage tourné contre le sol, le spectacle de ce corps convoité par les mouches était ce qu'il y avait de pire.

De l'autre côté de la route, une vieille familiale Ford avait été projetée contre le rail de protection. Cela s'était passé une heure auparavant. Depuis, aucun nouveau véhicule n'était arrivé. D'ici, on ne pouvait pas voir l'autoroute, et le téléphone se trouvait à l'extérieur.

– Vous allez trop vite, protestait le routier. Vous devriez...

C'est alors que Snodgrass perdit la tête. En se levant, il renversa la table. Il roulait des yeux terrifiés et psalmodiait indistinctement, la mâchoire pendante :

– Il faut qu'on sorte, faut qu'on sorte, fautquonsorte...

Les deux jeunes se mirent à hurler.

Du haut de mon tabouret placé près de la porte, j'empoignai au passage la chemise de Snodgrass, mais il parvint à m'échapper. Il avait le feu aux fesses et même une porte de prison n'aurait pu l'arrêter.

Il ouvrit violemment et courut comme un fou sur le gravier, vers le fossé d'écoulement, à gauche. Deux des camions le prirent en chasse, crachant vers le ciel les émanations brunâtres du gasoil, faisant gicler des rafales de gravillons.

Il n'avait pas accompli six foulées depuis la berge du parking quand il se retourna, le visage déformé par la peur. Ses pieds s'emmêlèrent et il trébucha, à deux doigts de tomber. Quand il reprit son équilibre, il était déjà trop tard.

L'un des camions abandonna mais l'autre chargea, son énorme grille de radiateur étincelant sauvagement sous le soleil. Snodgrass poussa un cri à la fois faible et aigu que couvrit presque le rugissement du gros Reo Diesel.

Il ne l'écrasa pas carrément, ce qui, peut-être, eût mieux valu.

Le camion poussa Snodgrass devant lui à petits coups, semblant dribbler ou shooter comme un joueur de football. Un instant, la silhouette du malheureux se découpa contre le ciel d'été, tel un pantin désarticulé, puis il disparut dans le fossé d'écoulement.

Les freins du semi-remorque lancèrent un mugissement de dragon et les roues avant, en se bloquant, creusèrent de profonds sillons dans la couche de gravier du parking ; quelques centimètres de plus et il se plantait dans le fossé. Le salaud.

La fille hurla. Le visage transformé en un masque de sorcière, elle griffait ses joues des deux mains.

Un bruit de verre cassé. Je tournai la tête et vis que le routier avait serré son verre si fort qu'il l'avait brisé. Il ne semblait pas s'en être encore rendu compte.

Le cuistot noir restait comme pétrifié près de la radio. Tout fut silencieux pendant un moment à l'exception de la rumeur du Reo qui rejoignait ses pareils. Puis la fille se mit à pleurer et j'en éprouvai une sorte de soulagement.

Ma propre voiture était de l'autre côté, elle aussi réduite en bouillie. C'était une Camaro 1971 et je n'avais pas encore fini de la payer, mais cela n'importait déjà plus.

Il n'y avait personne dans les camions.

Le soleil faisait jouer des reflets sur les cabines vides. Les roues tournaient toutes seules. Mieux valait ne pas trop penser à tout,ca, parce qu'on aurait vite fait d'en devenir fou. Comme Snodgrass.

Deux heures passèrent. Le soir tombait. Dehors, les camions patrouillaient, traçant lentement des cercles ou des huit ; veilleuses et feux de gabarit étaient allumés.

Je marchai un moment le long du comptoir pour me dégourdir les jambes puis allai m'asseoir dans un box près de la grande vitre. C'était une banale aire d'arrêt destinée aux camionneurs, près de l'autoroute, rassemblant toutes les commodités, y compris des pompes pour l'essence et le gasoil. Les routiers venaient ici pour boire un café et manger un morceau.

– Monsieur ?

La voix était hésitante.

Je levai les yeux. C'étaient les deux gosses de la Fury. Lui paraissait environ dix-neuf ans. Il portait les cheveux longs et une barbe encore maigre. Elle semblait plus jeune.

– Ouais ?

– Et à vous, que vous est-il arrivé ?

Je haussai les épaules.

– J'avais pris l'autoroute pour Pelson, racontai-je. Un camion roulait derrière moi – je l'avais vu arriver de loin dans mon rétroviseur – à fond de train. On pouvait l'entendre à un kilomètre. Il a fait une queue de poisson à une Coccinelle et l'a éjectée de la route avec le bout de sa remorque. J'ai cru que le camion allait verser aussi. Vu la façon dont la remorque s'était déportée sur le côté, aucun conducteur n'aurait pu redresser. Mais il s'en sortait très bien. La VW a fait cinq ou six tonneaux puis elle a explosé. Le poids lourd a fait subir le même sort à la voiture suivante. Voyant qu'il fonçait sur moi, j'ai pris la bretelle à toute vitesse. (Je ris mais le cœur n'y était pas.) Et il a fallu que j'atterrisse dans un rendez-vous de camionneurs. Ce qu'on appelle tomber dans la gueule du loup.

La fille déglutit.

– Nous avons vu un car Greyhound qui remontait la route du sud : Il..., il écrasait tout ce qui se trouvait devant lui. Il a explosé et brûlé mais..., mais avant, ça a été une vraie boucherie.

Un Greyhound. Voilà qui était nouveau ; et qui n'arrangeait rien.

Dehors, tous les feux de route s'allumèrent en même temps, plongeant le parking dans une clarté glauque et inquiétante. Les camions poursuivaient leur ronde rugissante. Dans la nuit qui s'épaississait, les sombres remorques évoquaient les larges épaules voûtées de géants préhistoriques.

– Est-ce qu'on peut allumer les lumières sans danger ? demanda le cuistot.

– Allez-y, fis-je. Vous verrez bien.

Il tourna les interrupteurs et une enfilade de globes se mit à briller. Sur la façade, s'illumina l'enseigne au néon : *Chez Conant. Au rendez-vous des routiers.* Imperturbables, les camions continuaient de tourner.

– J'y comprends rien, fit le camionneur. (Il était descendu de son tabouret et marchait de long en large.) C'était une bonne fille, elle ne m'a jamais causé d'ennuis. J'ai poussé jusqu'ici juste après 1 heure pour manger un plat de spaghettis, et voilà ce qui est arrivé. (Il balaya l'air de la main.) Tenez, c'est celui-là, celui qui a le feu arrière gauche un peu faiblard. J'ai eu son volant entre les mains pendant six ans. Et maintenant, il suffirait que je fasse un pas dehors...

– Ça ne fait que commencer, assura le cuistot. S'il n'y a plus de radio, c'est que ça doit aller mal.

La jeune fille était devenue pâle comme une morte.

– Ne nous occupons pas de cela pour le moment, fis-je.

– A quoi ça peut bien être dû ? demanda le routier. Des orages électriques dans l'atmosphère ? Des essais nucléaires ?

Peut être qu'ils sont devenus fous, répondis je.

Vers 7 heures, je m'approchai du cuistot.

– Comment ça se présente, ici ? Je veux dire, si nous sommes bloqués un bon bout de temps ?

Il fronça les sourcils.

– Pas trop mal. On a été livrés hier. On a reçu deux à trois cents hamburgers, des fruits et des légumes en boîte, des céréales, des œufs... tout ce qu'il reste de lait est au frigo, mais il y a l'eau du puits. En cas de besoin, on pourrait tenir tous les cinq pendant un bon mois.

Le routier se joignit à nous.

– Je suis en manque de cigarettes. Et maintenant, ce distributeur...

– Il n'est pas à moi, dit le barman. J'y peux rien.

Le camionneur avait déniché une paire de pinces dans la réserve. Il commença à s'occuper de la machine.

Le conducteur de la Fury s'approcha du juke-box et glissa une pièce dans la fente. John Fogarty entonna *Born on The Bayou*.

Je m'assis, regardant par la fenêtre, et, aussitôt, aperçus quelque chose qui ne me plut pas du tout. Un petit pick-up Chevrolet s'était joint à la horde, tel un poney Shetland parmi les percherons. Il passa sans broncher sur le corps de la jeune fille à la robe rose ; je détournai les yeux.

– Ils ont été créés par l'homme ! s'écria soudain la fille d'une voix pitoyable. Ils n'ont pas le *droit* !

Son petit ami lui dit de la fermer. Le routier eut raison du distributeur de cigarettes ; il y puisa six ou sept paquets. Il les contemplait avec une telle voracité que je me demandai s'il allait les fumer ou bien les manger.

Le juke-box joua un nouveau disque ; il était 8 heures.

Une demi-heure plus tard, nous fûmes privés d'électricité.

Lorsque les globes s'éteignirent, la fille poussa un hurlement qui s'interrompit net, comme si son compagnon lui avait bâillonné la bouche de la main. Le juke-box poussa une plainte grave puis mourut.

– Bon Dieu, qu'est-ce qui se passe ? s'exclama le routier.

– S'il vous plaît ! fis-je, vous avez des bougies ?

– Je crois. Attendez... Ouais, en voilà.

Nous les plaçâmes un peu partout autour de nous.

– Attention, dis-je, si nous mettons le feu à la baraque, vous pouvez commencer à faire votre prière.

– Je vous le fais pas dire, répliqua le barman d'un ton morne.

La lumière des bougies nous permit de découvrir le jeune couple enlacé, puis le routier qui, près de la porte de derrière, observait le manège de six nouveaux poids lourds qui faisaient du gymkhana entre les postes d'essence.

– Ça bouleverse nos prévisions, n'est-ce pas ? dis-je au barman.

– Ça oui, si l'électricité ne revient pas.

– Combien de temps ?

– Les hamburgers seront immangeables dans trois jours. Pareil pour ce qui reste de viande et pour les œufs. Pas de problème pour les boîtes et pour ce qui est séché. Mais ce n'est pas le pire. On ne va plus avoir d'eau, sans la pompe.

– Et les réserves ?

– On a à boire pour une semaine.

– Remplissez tous les récipients que vous pourrez trouver. Tirez l'eau jusqu'à la dernière goutte. Où sont les toilettes ? Il y a de l'eau potable plein les réservoirs.

– Les commodités pour le personnel sont derrière. Mais les toilettes réservées aux clients sont à l'extérieur.

– A la station-service ?

Je ne me sentais pas encore prêt à tenter le coup.

– Non. Vous sortez par la porte, sur le côté, et c'est un peu plus loin.

– Bon, donnez-moi deux seaux, alors.

Il m'en trouva deux en métal. Le gamin à la Fury s'avança.

– Qu'est-ce que vous fabriquez ?

– Il nous faut de l'eau. Tout ce que nous pourrons recueillir.

– Donnez-moi un seau.

– Jerry ! hurla la fille. Tu...

Il la fit taire du regard. Le camionneur fumait en silence.

Avant de franchir la porte, nous observâmes un instant les ombres des camions qui croissaient ou décroissaient au gré de leurs allées et venues.

– Maintenant ? demanda le jeune homme.

Comme son bras frôlait le mien, je sentis ses muscles bandés comme des ressorts. Une simple bourrade et c'était la crise cardiaque.

– Du calme, lui fis-je.

Il m'adressa un pauvre sourire, mais c'était mieux que rien. Nous nous faufilâmes à l'extérieur.

La nuit avait apporté un peu de fraîcheur. De l'herbe s'élevaient la stridulation des criquets et, des fossés d'écoulement, le coassement des grenouilles. Dehors, le rugissement des camions se faisait plus tonitruant, plus menaçant, presque bestial. A l'intérieur, on était comme au cinéma. Mais ici, c'était du sérieux.

Nous nous glissâmes le long du mur tuilé, avançant sous la protection du léger rebord.

– Tu prends les « dames », murmurai-je. Remplis ton seau au réservoir de la chasse et attends-moi.

On se laissait facilement abuser par le grondement continu qu'émettaient les moteurs Diesel. Vous pensiez qu'ils venaient vers vous mais, en fait, ce n'était que l'écho renvoyé par la structure bizarre du bâtiment. Nous n'avions que six mètres à franchir. Cela nous parut beaucoup plus long.

Jerry ouvrit les toilettes des dames et entra. Une fois parvenu aux « messieurs », je sentis mes muscles se détendre et poussai un soupir de soulagement. J'entrevis mon visage pâle et crispé dans le miroir.

Je retirai le couvercle de porcelaine du réservoir et y remplis mon seau. Puis je m'approchai de la porte.

– Hé ?

– Ouais, souffla-t-il.

– T'es prêt ?

– Ouais.

Nous ressortîmes. A peine avions-nous franchi six pas que des phares nous aveuglaient. Il s'était approché tout doucement, ses roues énormes dérangeant à peine le gravier. Il était resté tapi dans l'obscurité et, maintenant, il fondait sur ses proies ; ses phares étaient deux yeux fous et l'énorme grille chromée une gueule menaçante.

Jerry se pétrifia, le visage glacé d'horreur. Je lui donnai une poussée vigoureuse, répandant la moitié de son eau.

– *Vas-y !*

Le vacarme du moteur Diesel se mua en un hurlement strident. Je m'apprêtai à ouvrir la porte par-dessus l'épaule de Jerry mais quelqu'un le fit à ma place, de l'intérieur. Le gosse s'effondra dans l'entrée et je m'engouffrai à sa suite. Je me retournai pour jeter un coup d'œil sur le camion. Le gros Peterbilt heurta de biais le mur, arrachant des monceaux de tuiles. Il y eut un crissement à vous faire éclater les tympans. Puis le garde-boue droit et le coin de la grille de radiateur vinrent s'encastrer dans l'encadrement de la porte, projetant des gerbes de débris de verre et déchirant les gonds d'acier. La porte fut projetée dans la nuit, puis le camion reprit de la vitesse en direction du parking, crachotant de déception et de colère.

Jerry eut juste le temps de poser son seau avant de s'écrouler dans les bras de sa petite amie, tout secoué de frissons.

Mon cœur cognait dans ma poitrine et mes jambes se dérobaient sous moi. Quant à l'eau, nous n'en avions rapporté qu'environ un seau et quart à nous deux. Le jeu n'en valait pas la chandelle.

– Il faut bloquer cette entrée, dis-je au cuistot. Vous avez quelque chose qui pourrait faire l'affaire ?

– Eh bien...

Le routier s'en mêla :

– Pourquoi ? Une seule roue de ces mastodontes ne pourrait pas rentrer.

– Ce ne sont pas les mastodontes qui m'inquiètent.

Le camionneur se mit fébrilement en quête d'une cigarette.

– Il y a des planches dans la réserve, dit le barman. Le patron voulait construire une cabane pour stocker le butane.

48

– On va en mettre en travers et pousser un ou deux boxes contre.

– Allons-y, fit le routier.

L'affaire fut réglée en une heure ; tout le monde s'y était mis, même la fille. C'était plutôt solide. Bien sûr, « plutôt solide », ce ne serait pas suffisant si quelque chose heurtait notre porte fortifiée à pleine vitesse. Je pense qu'ils en étaient tous conscients.

Je pris place dans l'un des trois boxes qui étaient restés près de la vitre. La pendule qui se trouvait derrière le comptoir s'était arrêtée sur 8 h 32, mais il devait bien être 10 heures. Dehors, les camions continuaient de rôder en grognant. Certains s'éloignaient parfois à toute vitesse pour une mission inconnue ; d'autres arrivaient. Il y avait maintenant trois pick-up qui se pavanaient au milieu de leurs grands frères.

Je commençais à somnoler mais, au lieu de compter les moutons, je comptais les camions. Combien pouvait-il y en avoir dans cet Etat ? Combien dans toute l'Amérique ? Des remorques, des semi-remorques, des pick-up, des frigorifiques, des trente tonnes, des convoyeurs de l'armée, des milliers, des dizaines de milliers... et des cars. J'eus la vision de cauchemar d'un bus, deux roues dans le caniveau et deux sur le trottoir, poussant des rugissements tandis qu'il fauchait comme des quilles les malheureux passants.

Je chassai cette pensée puis sombrai dans un sommeil précaire et agité.

Il devait être très tôt le matin quand Snodgrass se mit à hurler. Un fin croissant de lune jetait une lueur froide filtrée par de hauts nuages. En contrepoint des gargouillis et des grondements des gros tonnages se faisait entendre un son nouveau : une moissonneuse-lieuse tournait en rond près de l'enseigne éteinte. La lune faisait luire les dents aiguisées de la machine.

Le cri retentit de nouveau, venu du fossé d'écoulement :

– Au secooouuuurs !

– Qu'est-ce que c'est ?

La fille s'était réveillée. Ecarquillant les yeux dans l'obscurité, elle paraissait prête à mourir de peur.

– Rien du tout, la rassurai-je.

– Au secooouuuurs !

– Il est vivant, murmura-t-elle. O mon Dieu, il est *vivant* !

Je n'avais pas besoin de voir Snodgrass pour l'imaginer, gisant, à demi englouti par le fossé, les reins et les jambes brisés, son costume impeccablement repassé, maculé de boue ; son visage qui implorait une lune indifférente...

– Nous n'avons rien entendu, n'est-ce pas ? fis-je.

Elle me fusilla du regard.

– Comment pouvez-vous ! Comment..

– Maintenant, ajoutai-je en désignant son petit ami du pouce, peut-être que, *lui*, il entendra quelque chose. Peut-être qu'il va y aller. C'est ça que vous voulez ?

Son visage se contracta.

– Rien, souffla-t-elle. Je n'ai rien entendu.

Elle retourna se blottir contre Jerry qui, sans se réveiller, l'enlaça de ses bras.

Personne d'autre ne s'éveilla. Snodgrass continua pendant un long moment de crier et de sangloter..., puis il se tut.

L'aube.

Un nouveau véhicule arriva. Celui-là était un énorme truck destiné au transport des automobiles. Pour ma plus grande inquiétude, un bulldozer le rejoignit.

Le routier me saisit par le bras.

– Viens voir derrière, me chuchota-t-il, tout excité. (Les autres dormaient encore.) Viens voir ça !

Je le suivis jusqu'à la réserve. Une dizaine de camions allaient et venaient derrière le bâtiment. Tout d'abord, je ne remarquai rien de nouveau.

– Tu vois ? fit-il en tendant la main. Juste là.

L'un des pick-up était immobilisé. Il gisait là comme une masse et avait perdu son air menaçant.

– Panne sèche ?

– T'as trouvé, mon gars. *Et ils ne peuvent pas faire le plein tout seuls*. On les aura à l'usure. Tout ce qu'on a à faire, c'est d'attendre.

Souriant, il se fouilla en quête d'une cigarette.

Il était 9 heures et je mangeais un sandwich de la veille en guise de petit déjeuner quand commença le concert de klaxons – c'était une longue plainte monotone qui vous faisait dresser

50

les cheveux sur la tête. Nous nous approchâmes de la vitre et regardâmes dehors. Aucun des camions ne bougeait plus. Un énorme Reo à la cabine rouge s'était arrêté à la lisière de la bande de gazon qui séparait le restaurant du parking. Vue d'aussi près, la grille de radiateur paraissait réellement énorme, terrifiante. Les pneus seraient arrivés à la poitrine d'un homme.

Les klaxons se remirent à hurler ; des mugissements affamés, tantôt longs, tantôt brefs, auxquels répondaient d'autres appels. Il y avait un rythme, cela paraissait calculé.

– C'est du morse ! s'exclama soudain Jerry.

Le routier le regarda.

– Comment tu sais ça ?

Le gosse rosit.

– Je l'ai appris chez les scouts.

– Toi ? se moqua le camionneur. *Toi ?* Eh ben !

Il secoua la tête.

– Fais pas attention, dis-je. Tu t'en souviens assez pour...

– Bien sûr. Laissez-moi écouter. Vous avez un crayon ?

Le barman lui en tendit un et Jerry se mit à écrire sur une serviette en papier. Au bout d'un moment, il leva son crayon.

– Ils ne font que répéter : « Attention ! Attention ! et... attendez ! »

Les avertisseurs reproduisaient inlassablement le même rythme. Puis, la séquence se modifia et Jerry recommença à écrire. Nous nous penchâmes au-dessus de son épaule pour regarder le message se former. « Quelqu'un doit remplir réservoirs. Aucun danger pour lui. Remplir jusqu'à vider les cuves. Maintenant. Quelqu'un doit remplir réservoirs maintenant. »

Le concert se poursuivit mais Jerry cessa d'écrire.

– Ils se remettent à répéter : « Attention », dit-il.

Le Reo reproduisait maintenant tout seul le message. Je n'aimais pas le ton de ces mots en capitales sur la serviette. Ils étaient sans pitié, et ne laissaient aucune place à la discussion.

– Alors, fit Jerry. Qu'est-ce qu'on fait ?

– Rien, répondit aussitôt le routier. (Son visage s'agitait nerveusement.) Tout ce qu'on a à faire, c'est d'attendre. Leurs réservoirs doivent être presque à sec. Il y en a un petit là-bas qui est déjà en panne. Tout ce qu'on a à faire...

Le Reo se tut. Il fit marche arrière et alla rejoindre ses semblables. Ils formèrent un demi-cercle, braquant leurs phares dans notre direction.

– Il y a un bulldozer, là-bas, dis-je.

Jerry me jeta un coup d'œil interrogateur.

– Vous pensez qu'ils vont raser le restaurant ?

– J'en ai peur.

– Ils ne pourraient pas faire ça, n'est-ce pas ? fit Jerry, quêtant l'approbation du cuistot.

Le barman haussa les épaules.

– Il faut un vote, intervint le routier. On cédera pas au chantage, bon Dieu ! Tout ce qu'on a à faire, c'est d'attendre.

Il le répétait pour la quatrième fois, comme une formule magique.

– D'accord pour le vote, dis-je.

– Attendons, insista le routier.

– Je pense qu'il est préférable de leur donner le gasoil, expliquai-je. Nous attendrons une meilleure occasion pour nous enfuir. Et vous, cuistot ?

– Rester là ! répondit-il. Vous voulez devenir leurs esclaves ? Vous voulez passer le reste de votre vie à changer des filtres à huile chaque fois qu'une de ces..., qu'un de ces machins vous klaxonnera ? Eh bien, pas moi ! (Il regarda par la vitre d'un air sinistre.) Qu'ils crèvent !

Je me tournai vers le jeune couple.

– Je crois qu'ils ont raison, approuva Jerry. C'est la seule façon d'en venir à bout. Si quelqu'un avait dû venir à notre secours, ça ferait longtemps qu'il serait là. Dieu seul sait ce qui peut bien se passer ailleurs.

La fille acquiesça et se rapprocha de Jerry, le souvenir de Snodgrass hantant toujours ses yeux.

– Comme vous voudrez, dis-je.

Je me dirigeai vers le distributeur de cigarettes et y pris un paquet sans prêter attention à la marque. J'avais cessé de fumer depuis un an mais c'était l'occasion rêvée de s'y remettre. La fumée me brûla les poumons.

Vingt minutes s'égrenèrent. Les camions de devant attendaient. Ceux de derrière formaient une file devant les pompes.

– C'était un coup de bluff, fit le routier. Tout ce qu'on a...

C'est alors que le hoquet d'un moteur qui démarre, cale, puis repart nous déchira les oreilles. Le bulldozer.

Il rutilait comme une pièce d'or au soleil. C'était un Caterpillar aux grandes roues d'acier. Son court pot d'échappement vomissait une fumée noire tandis qu'il faisait demi-tour pour se présenter face à nous.

– Il va nous rentrer dedans ! s'exclama le routier dont le visage exprimait une profonde surprise. Il va nous rentrer dedans !

– Reculez ! criai-je. Tous derrière le comptoir !

Le moteur du bulldozer tournait à pleins gaz. Les vitesses s'enclenchaient d'elles-mêmes. La chaleur dégagée par le pot fumant troublait la qualité de l'air. Soudain, le bouteur leva sa lame, une lourde masse d'acier maculée de boue séchée. Puis, faisant rugir son moteur, il fonça sur nous.

– Derrière le comptoir !

Je poussai rudement le routier et les autres suivirent le mouvement.

Il y avait un petit rebord de béton entre l'herbe et le parking proprement dit. Le bulldozer le passa, relevant momentanément sa lame, puis attaqua violemment la façade. Frappée de plein fouet, la vitre explosa dans un bruit d'enfer tandis que le cadre de bois volait en éclats. L'un des globes qui pendaient au plafond s'ajouta aux débris de verre. La vaisselle fut vidée des étagères. La fille hurla mais le son de sa voix se perdit dans le grondement régulier du bouteur.

Il recula, ferraillant sur la bande de gazon labourée, puis chargea de nouveau, fracassant les boxes restants. Le présentoir qui se trouvait sur le comptoir tomba, éparpillant sur le sol ses sandwiches triangulaires.

Le barman s'était recroquevillé sur lui-même, les yeux fermés ; Jerry étreignait sa compagne ; le routier avait les yeux révulsés par la terreur.

– Il faut l'arrêter, bredouilla-t-il. Dites-leur qu'on fera tout ce qu'ils veulent...

– Un peu plus tard, vous ne croyez pas ?

Le Caterpillar fit marche arrière et s'apprêta à charger pour la troisième fois. Il sembla nous jeter un regard menaçant, poussa un beuglement, et, cette fois-ci, s'attaqua au montant gauche de ce qui avait été la vitre. La portion de toit qui se trouvait au-dessus s'effondra dans un grand fracas. Un nuage de plâtre se forma.

Le bulldozer se dégagea. Derrière lui attendait la horde des camions.

Je saisis le cuistot par le bras.

– Où sont les cuves de fuel ?

Les fourneaux marchaient au butane mais j'avais aperçu la cheminée d'un poêle à mazout.

– Dans la réserve, répondit-il.

Je fis signe à Jerry.

– Viens.

Nous nous précipitâmes dans la réserve. Une nouvelle secousse ébranla le bâtiment. Encore deux ou trois coups comme celui-ci et il pourrait commander une tasse de café au comptoir.

Il y avait deux cuves de deux cents litres qui alimentaient directement le poêle. Mais on pouvait aussi y puiser du fuel grâce à deux robinets. Près de la porte se trouvait un carton plein de bouteilles de ketchup vides.

– Ramasse-moi ça, Jerry.

Pendant ce temps, j'ôtai ma chemise et la déchirai en lambeaux. Le bulldozer continuait ses ravages avec une rage obstinée.

Je remplis quatre des bouteilles de ketchup aux robinets, et Jerry y enfonça des bouts d'étoffe.

– Tu sais jouer au base-ball ?

– J'y ai joué au collège.

– Parfait. C'est toi le lanceur.

Nous transportâmes les bouteilles dans la salle de restaurant. La façade avait été complètement défoncée. Une énorme poutre était tombée en travers de l'ouverture béante. Le bouteur reculait, essayant de sortir la solive à l'aide de sa lame, et je me préparai à l'assaut final.

Nous nous agenouillâmes, disposant les bouteilles devant nous.

– Allume-les, demandai-je au routier.

Il sortit ses allumettes mais ses mains tremblaient tellement

54

qu'il les éparpilla. Le barman les ramassa, en craqua une, et les lanières de tissu prirent feu en grésillant.

– Vite ! dis-je.

Nous courûmes, Jerry devant. Le verre crissait en s'émiettant sous nos pieds. Une odeur tiède et visqueuse de fuel flottait dans l'air. Tout n'était que vacarme et que lumière.

Le bouteur chargea.

Jerry se jeta sous la poutre, et sa silhouette se découpa contre l'énorme lame d'acier en furie. Je me plaçai sur sa droite. Pour son premier essai, Jerry tira trop court. La seconde fois, la bouteille explosa sur la pelle d'acier, sans dommages pour la lame.

Il tenta de s'enfuir, mais déjà la lame était au-dessus de lui, telle une hache sacrificielle de quatre tonnes. Ses mains battirent l'air mais il disparaissait déjà, broyé par l'énorme masse.

Je contournai la lame et balançai une bouteille dans la cabine ouverte puis l'autre dans le moteur. Elles explosèrent en même temps dans un bouquet de flammes.

Le bulldozer poussa un cri de rage et de douleur quasi humain. Il traça de frénétiques demi-cercles, arrachant le coin gauche de la salle de restaurant, puis se dirigea en zigzaguant vers le fossé d'écoulement.

Les roues d'acier étaient maculées de sang coagulé, et là où eût dû se trouver Jerry, ne restait plus qu'un tas de charpie.

Le bouteur avait presque atteint le fossé, le capot et la cabine en feu, quand, soudain, il explosa en un geyser de flammes.

En reculant, je faillis tomber sur une pile de moellons. Je perçus une odeur de brûlé qui n'était pas celle du mazout. Une odeur de cheveux brûlés. C'étaient les miens.

J'attrapai une nappe, la pressai contre ma tête, me précipitai derrière le comptoir, et plongeai si vivement mes cheveux en feu dans l'évier que j'en heurtai brutalement le fond. La fille criait le nom de Jerry, en une litanie qui frôlait la démence.

Je me retournai pour apercevoir l'énorme truck qui roulait vers la façade béante de la salle de restaurant.

Hurlant, le routier fonça sur la porte.

– Non ! lui cria le barman. Ne faites pas ça !

Mais il était déjà dehors, se ruant vers le fossé d'écoulement et du champ qui se trouvait de l'autre côté.

Sans doute le camion était-il resté en faction tout près de la porte ; un véhicule sur les flancs duquel était inscrit : *Blanchisserie Wong – Service rapide.* En moins de temps qu'il n'en faut pour le dire, le fuyard était châtié. Puis le camion disparut, laissant le corps désarticulé du routier sur le gravier. Il avait été projeté hors de ses chaussures.

Le truck franchit lentement le rebord de béton, la bande de gazon, les restes de Jerry, et s'immobilisa, pointant un nez gigantesque dans la salle de restaurant.

Soudain, son klaxon se mit à pousser une série de brefs vagissements.

– Arrêtez ça ! gémit la fille. Arrêtez ! Je vous en prie !

Mais la corne s'obstina à nous fracasser les oreilles. En quelques instants, nous avions saisi la teneur du message. C'était le même qu'auparavant. Il voulait que nous remplissions son réservoir et celui des autres.

– J'y vais, annonçai-je. Les pompes sont déverrouillées ?

Le barman acquiesça. Soudain, il paraissait dix ans de plus.

– Non ! hurla la fille en se jetant sur moi. Il faut que vous les arrêtiez. Frappez-les ! Brûlez-les ! Détruisez-les !

Sa voix faiblit puis s'éteignit dans une amère plainte de douleur et de reproche.

Le barman la retint. Je fis le tour du comptoir, me frayant un chemin parmi les décombres, et sortis par la réserve. Mon cœur battait la chamade tandis que je m'avançais sous le soleil brûlant. J'avais envie d'une nouvelle cigarette mais on ne fume pas à l'approche des pompes.

Les camions étaient toujours à la queue leu leu. Le véhicule de la blanchisserie grognait et jappait, tapi sur le gravier comme un chien à l'affût. Un geste de trop et il me réduirait en bouillie. Je frissonnai en voyant le siège vide derrière le pare-brise qui miroitait au soleil.

Je mis la pompe sur la position « marche » et décrochai la lance. Je dévissai le premier bouchon de réservoir et commençai à tirer de l'essence.

Lorsque, au bout d'une demi-heure, la première cuve fut vide, je me dirigeai vers la seconde. Je faisais couler alternativement l'essence et le gasoil. L'un après l'autre, sans fin, les camions se présentaient devant moi. Maintenant, je commençais à comprendre. Des gens, actionnant des pompes dans tout le pays ou bien gisant, morts, comme le routier, portant, sur tout le corps, les stigmates laissés par les roues impitoyables.

La seconde cuve vidée, je passai à la troisième. Le soleil cognait dur et les vapeurs d'essence me donnaient la migraine. Des ampoules s'étaient formées entre le pouce et l'index de mes mains. Mais ce n'était pas leur problème. Eux, ce qui les intéressait, c'étaient le carburant, l'état de leurs joints de culasse, ou celui de leur batterie, mais certainement pas les coups de soleil, mes ampoules... ou mon terrible besoin de hurler. Une seule chose les intéressait de savoir au sujet de ceux qui les avaient si longtemps domestiqués : les hommes saignent.

Ayant vidé la troisième cuve jusqu'à la dernière goutte, je jetai ma lance à terre. Pourtant, la file des camions n'avait cessé de s'allonger. Sur deux ou trois rangs, la queue sortait du parking, continuait sur la route puis se perdait hors de vue. C'était une vision de cauchemar de la voie express de Los Angeles aux heures de pointe. Les gaz d'échappement troublaient l'horizon ; une forte odeur d'essence empuantissait l'air.

– Eh non ! fis-je, plus d'essence. On est à sec, les gars.

Il y eut une sourde rumeur, une note basse qui me fit claquer des dents. Un gros camion-citerne argenté remontait la file. Sur son flanc était écrit : *Faites le plein avec Phillips 66.*

Un énorme tuyau jaillit de l'arrière de la citerne.

Je le raccordai à la bouche de la première cuve. Le camion commença à se vider. L'odeur de pétrole me pénétra. Je remplis les deux autres cuves puis me remis à mon épuisante tâche de pompiste.

Je fus bientôt dans une sorte de brouillard, n'ayant plus conscience du temps, ne voyant plus les camions. Je dévissais le bouchon, enfonçais ma lance, pompant jusqu'à ce que le liquide chaud et dense déborde, puis replaçais le bouchon. Mes ampoules percèrent, et le pus coula jusqu'à mes poignets. Toute ma tête m'élançait comme une dent cariée et mon estomac se tordait désespérément, gavé d'hydrocarbures.

J'allais m'évanouir et ce serait la fin.

Deux mains sombres se posèrent sur mes épaules.

– Rentrez, fit le barman. Allez vous reposer. Je vous relaie jusqu'à la nuit. Essayez de dormir.

Je lui tendis la lance.

Mais je ne peux pas dormir.

La fille est assoupie. Elle est recroquevillée dans un coin, une nappe en guise d'oreiller, et le sommeil n'a pas suffi à détendre son visage. De toute éternité, l'épouse abandonnée par le combattant a eu ce visage. Je ne vais pas tarder à la réveiller. Le soir tombe et le cuistot est dehors depuis près de cinq heures.

Il en arrive toujours. Je regarde par la vitre défoncée et je vois le ruban des phares qui s'étire sur plus d'un kilomètre, telle une guirlande scintillant dans l'obscurité qui vient. La queue doit s'étendre jusqu'à l'autoroute, peut-être plus loin.

Il va falloir que la fille prenne son tour. Je vais lui montrer comment on fait. Peut-être qu'elle ne voudra pas, mais, si elle veut vivre, il faudra bien.

Vous voulez devenir leurs esclaves ? avait dit le barman. *Vous voulez passer le reste de votre vie à changer des filtres à huile chaque fois qu'un de ces machins vous klaxonnera ?*

Peut-être pourrions-nous fuir ? Etant donné la façon dont ils se sont rangés les uns derrière les autres, il serait facile d'atteindre le fossé d'écoulement. Courir à travers champs, puis prendre par les marécages où ces mastodontes s'enliseraient. Ensuite...

L'homme des cavernes.

Réapprendre à dessiner au charbon de bois. Ceci est un arbre. Et voici un semi-remorque Mack écrasant un chasseur.

Non, même pas. Nous vivons dans un monde de béton. Quant aux champs, aux marais et aux forêts épaisses, il y a des tanks, des half-tracks, des véhicules équipés de lasers, de masers, de radars. Et, petit à petit, ils pourront façonner le monde qu'ils désirent.

Je les vois déjà convoyant le sable par milliers pour combler les marais d'Okefenokee, je vois les bulldozers aplanissant les parcs nationaux et les terres en friche, faisant de la planète une unique et gigantesque plaine. Ensuite, la horde des poids lourds pourra déferler.

Mais ce ne sont que des machines. Quoi qu'il leur soit arrivé, quel que soit le degré de conscience que nous leur ayons permis d'acquérir, une chose est certaine : *ils ne peuvent pas se reproduire.*

Dans cinquante ou soixante ans, ils ne seront plus que

d'impuissants tas de rouille que l'homme, à nouveau libre, pourra lapider et couvrir de crachats.

Mais, en fermant les yeux, j'imagine maintenant les chaînes de Detroit, de Dearborn, de Youngstown et de Mackinac, d'où sortent de nouveaux camions, assemblés par des ouvriers qui n'auront même plus la solution de rendre leur bleu de travail ; quand la tâche les aura tués, on les remplacera.

Le barman chancelle un peu, maintenant. C'est qu'il n'est plus tout jeune. Il faut que je réveille la fille.

A l'est, deux avions tracent un sillon argenté dans le ciel obscur.

Je voudrais croire qu'il y a quelqu'un aux commandes.

Cours, Jimmy, cours...

La femme de Jim Norman attendait son mari depuis 14 heures et, lorsqu'elle vit enfin la voiture se ranger devant l'immeuble, elle sortit pour aller à sa rencontre. Un peu plus tôt, elle avait acheté de quoi préparer un repas de fête – deux steaks, une bouteille de Lancer, une laitue et une petite bouteille de mayonnaise. Comme il descendait de la voiture, elle se prit à espérer ardemment qu'il y aurait quelque chose à célébrer.

Il remonta l'allée, tenant d'une main son attaché-case et, de l'autre, quatre fascicules. Elle déchiffra le titre de l'un d'eux : *Introduction à la grammaire.* Elle posa les mains sur ses épaules et lui demanda :

– Ça a marché ?

Il sourit.

Mais, cette nuit-là, pour la première fois depuis longtemps, son vieux rêve avait refait surface, et il s'était réveillé, trempé de sueur, prêt à crier.

Son entretien avait été mené par le principal du collège Harold Davis et le responsable de la section d'anglais. Comme il s'y était attendu, il fut question de ses difficultés de l'année précédente.

Fenton, le principal, un homme chauve au teint cadavérique, s'était rejeté en arrière pour contempler le plafond tandis que Simmons, le responsable de la section d'anglais, allumait sa pipe.

– J'avais beaucoup de problèmes, à cette époque, fit Jim.

Il avait toutes les peines du monde à empêcher ses doigts de s'agiter nerveusement sur ses genoux.

– Soyez assuré que nous le comprenons, répondit Fenton en souriant. Il n'est un secret pour personne qu'enseigner est une tâche particulièrement exténuante, surtout dans le secondaire. Vous êtes sur scène cinq heures sur sept et vous vous adressez au public le plus difficile qui soit. Voilà pourquoi..., acheva-t-il avec un soupçon de fierté, de toutes les catégories professionnelles, c'est, à l'exception des contrôleurs aériens, chez les pro fesseurs qu'on dénombre le plus de cas d'ulcères.

– Les problèmes dont je vous parle, intervint Jim, étaient d'une tout autre nature.

Fenton et Simmons hochèrent la tête en signe d'encouragement. Soudain, le bureau paraissait très étroit, exigu. Jim eut l'étrange impression que quelqu'un braquait une lampe sur sa nuque. Il reprit le contrôle de ses doigts qui se tordaient sur son genou.

– C'était ma dernière année en tant que stagiaire. Ma mère était morte l'été précédent – d'un cancer – et ses dernières paroles furent pour que je continue mes études, et les réussisse. Mon frère aîné est mort alors que nous étions tous deux bien jeunes. Il rêvait d'enseigner, aussi ma mère a-t-elle pensé...

Il lut dans leur regard qu'il était en train de s'égarer et songea : « *Mon Dieu, je vais tout flanquer par terre.* »

– J'ai fait selon son désir, poursuivit-il en laissant de côté les relations complexes qui les avaient unis : sa mère, son frère Wayne – pauvre Wayne, qu'on avait assassiné – et, d'une certaine façon, lui-même. Pendant la seconde semaine de mon stage d'internat, ma fiancée a été renversée par un chauffard qui a filé sans demander son reste. Un de ces gosses qui conduisent une voiture bricolée... On ne l'a jamais retrouvé.

Simmons émit un petit grognement d'encouragement.

– J'ai tenu bon. Elle semblait devoir se remettre complètement. Elle souffrait terriblement – une jambe salement cassée, quatre côtes fracturées – mais rien d'irrémédiable. Je ne me rendais pas compte de l'état dans lequel je me trouvais vraiment.

« *Attention. Nous arrivons en terrain glissant.* »

– J'ai fait mon stage au Centre d'études commerciales.

– La crème de la ville ! s'exclama Fenton. Les crans d'arrêt, les santiags, des pistolets bricolés maison, pour être sûr de garder l'argent du déjeuner c'est dix pour cent, et, si vous voyez trois gosses ensemble, c'est qu'il y en a un qui vend de la drogue aux deux autres. Je les connais, les études commerciales !

– Il y avait un gamin qui s'appelait Mack Zimmerman, reprit Jim. Un garçon très sensible. Il jouait de la guitare. Je l'avais en classe d'anglais. Il était doué. Un matin, en arrivant, j'ai vu deux élèves qui le maîtrisaient pendant qu'un troisième fracassait sa guitare Yamaha contre le radiateur. Zimmerman hurlait. Je leur criai d'arrêter et de me donner la guitare. Je suis allé vers eux et quelqu'un m'a flanqué un sacré coup de poing. (Jim haussa les épaules.) Et voilà. J'ai fait une dépression. Je n'ai pas eu de crise de nerfs, je ne suis pas resté prostré dans un coin. Je ne pouvais plus y retourner, c'est tout. Quand je m'approchais du Centre, ma poitrine se bloquait, je ne pouvais plus respirer, j'avais des sueurs froides...

– Ça m'arrive aussi, dit Fenton, compréhensif.

– J'ai suivi une analyse. Ça m'a fait du bien. Sally et moi nous sommes mariés. Elle boite légèrement et a gardé une cicatrice mais, autrement, tout est rentré dans l'ordre. (Il les regarda bien en face.) Je suppose que ce sera aussi votre avis.

– Donc, dit Fenton, vous avez fini votre stage au collège Cortez. C'est ça ?

– Ce n'est pas un cadeau non plus, fit remarquer Simmons.

– Je voulais des classes dures, dit Jim. J'ai fait un échange avec un autre type pour aller à Cortez.

– Rien que des *A* de la part de vos responsables de stage, commenta Fenton.

– Oui. J'aime mon métier.

Fenton et Simmons échangèrent un coup d'œil, puis se levèrent. Jim les imita.

– Nous vous tiendrons au courant, Mr Norman, dit Fenton. Nous devons voir d'autres postulants.

– Oui, je comprends.

– Quant à moi, j'avoue avoir été très impressionné par vos antécédents et votre candeur.

– Je vous remercie.

– Sim ? Peut-être Mr Norman aimerait-il prendre un café avant de partir ?

Dans l'entrée, Simmons lui confia :

– Je pense que vous aurez le poste si vous le désirez vraiment. Cela reste entre nous, bien entendu.

Jim acquiesça. Il venait déjà de garder pour lui un certain nombre de choses.

Davis High était un énorme et sinistre sucre d'orge bâti selon les critères les plus modernes – la section scientifique pesait à elle seule un million et demi de dollars dans le budget de l'année précédente. Les classes étaient équipées de bureaux neufs et de tableaux noirs non réfléchissants. Les élèves étaient propres, bien habillés, éveillés et nombreux. En terminale, six étudiants sur dix possédaient déjà leur propre voiture. Une école où il était agréable d'enseigner pendant les difficiles années soixante-dix. A côté, le Centre d'études commerciales, c'était la brousse.

Mais, quand les gosses avaient déserté les classes, une présence intemporelle et lugubre semblait suinter des murs et chuchoter dans les salles vides. Noire, maléfique, insaisissable. Parfois, tandis qu'il descendait le couloir de l'aile 4 en direction du parking, Jim Norman, son attaché-case tout neuf à la main, se disait qu'il pouvait presque l'entendre respirer.

Le rêve revint peu avant la fin d'octobre et, cette fois, il cria. Quand il eut émergé des brumes du sommeil, il trouva Sally assise dans le lit à côté de lui ; elle lui tenait l'épaule. Son cœur battait à tout rompre.

– Mon Dieu ! s'exclama-t-il en se passant la main sur le visage.

– Tu te sens bien ?

– Oui. J'ai crié, n'est-ce pas ?

– Ça, tu peux le dire. Un cauchemar ?

– C'est ça.

– A propos de ces gosses qui ont cassé la guitare de Mack ?

– Non, répondit-il. Ça remonte à beaucoup plus longtemps que ça. Quelquefois, ça revient. Rien de grave.

– Tu en es bien sûr ?

Ses yeux étaient emplis de compassion.

– Sûr et certain. (Il l'embrassa sur l'épaule.) Rendors-toi.

Elle éteignit la lumière et il resta allongé, scrutant l'obscurité.

Pour un nouveau, il avait un emploi du temps plutôt favorable. Sa première heure était libre. Pendant les deuxième et troisième heures il avait des petites classes, l'une assez morne et l'autre délurée. En quatrième heure venait sa classe préférée : littérature américaine en compagnie d'une terminale qui se faisait une joie de disséquer les œuvres des grands maîtres pendant une heure chaque jour. L'heure suivante était consacrée à « l'orientation » : il était censé recevoir des étudiants qui avaient des problèmes personnels ou scolaires. Mais bien peu semblaient en avoir (ou alors, ils ne désiraient pas en discuter avec lui) et Jim en profitait généralement pour lire un bon roman. Arrivait ensuite un cours de grammaire, ennuyeux comme la pluie.

La septième heure était son calvaire. Le cours était intitulé « Littérature vivante » et il se tenait au troisième étage, dans une salle de classe grande comme une boîte à chaussures. La pièce était surchauffée au début de l'automne et glaciale quand l'hiver approchait. C'était ce que les dossiers de l'école qualifiaient prudemment de « classe de rattrapage ».

La classe de Jim était forte de vingt-sept élèves « retardés » qui, pour la plupart, étaient les sportifs de l'établissement. Le moindre des reproches qu'on aurait pu leur adresser était le manque d'intérêt, et certains d'entre eux se distinguaient par un mauvais esprit à toute épreuve. Un jour, en pénétrant dans la salle de classe, il trouva sur le tableau une caricature obscène qui était inutilement sous-titrée *Mr Norman*. Il l'effaça sans faire de commentaires puis commença sa leçon en ignorant les ricanements.

Il prépara des cours intéressants à l'aide de matériel audiovisuel et leur fit étudier des textes passionnants et d'un abord facile – tout cela en vain. L'ambiance de la classe passait de l'hilarité la plus agressive au plus morne silence. Début novembre, une bagarre éclata entre deux garçons au beau milieu d'une discussion à propos de *Des souris et des hommes*. Jim les sépara puis les envoya chez le principal. Quand il rouvrit son livre à la page où il en était resté, il découvrit ces deux mots : *Suce-la*.

Il fit part du problème à Simmons qui haussa les épaules en rallumant sa pipe.

– Je n'ai pas de solution à te proposer, Jim. La dernière heure, c'est toujours la corvée. Et, si tu colles un *D* à certains d'entre eux, ça veut dire plus de football ni de basket pour eux. Ils ont déjà obtenu les autres matières mais ils ont du mal avec celle-ci.

– Et moi donc ! s'exclama Jim.

Simmons hocha la tête.

– Montre-leur que tu ne plaisantes pas et, s'ils veulent rester qualifiés pour les épreuves sportives, ils la boucleront.

Mais cette septième heure restait un boulet à traîner.

L'une des plaies de la classe de littérature vivante était Chip Osway, une espèce d'armoire à glace qui ne brillait pas par la vivacité. Début décembre, pendant l'intersaison entre le football et le basket (Osway jouait aux deux), Jim le surprit en train de consulter des antisèches et le vida de la classe.

– Si tu me sacques, on aura ta peau, espèce de salaud ! hurla Osway dans le couloir du troisième étage. T'as pigé ?

– Ça suffit, répondit Jim. Gaspille pas ta salive.

– On t'aura, larbin !

Jim réintégra la salle de classe. Des visages vides et impénétrables le regardaient. Il eut l'impression que la réalité lui échappait, comme cette autre fois, il y avait longtemps... longtemps...

On t'aura, larbin !

Il prit son cahier de notes sur le bureau, l'ouvrit à la page « Littérature vivante », puis dessina soigneusement la lettre *F* sur la ligne qui suivait le nom de Chip Osway.

Cette nuit-là, le rêve le hanta de nouveau.

Le rêve se déroulait toujours avec une cruelle lenteur. Jim avait le temps de voir et de ressentir chaque chose. S'ajoutait à cela l'horreur de revivre des événements dont il connaissait l'inéluctable fin, aussi impuissant qu'un homme prisonnier de sa voiture tandis qu'elle bascule au sommet de la falaise.

Dans le rêve, il avait neuf ans et son frère Wayne en avait douze. Ils descendaient la grand-rue de Stratford, dans le Connecticut, en direction de la bibliothèque. Jim venait rendre ses livres avec deux jours de retard et il avait pris avant de partir quatre *cents* pour s'acquitter de l'amende. C'étaient les grandes vacances. On pouvait sentir l'odeur de l'herbe fraîchement tondue. Comme la nuit tombait, les ombres projetées par la Barrets Building Company s'allongeaient en travers de la rue.

Derrière la Barrets, il y avait le pont du chemin de fer et, de l'autre côté, une bande de voyous rôdait autour de la station-service fermée – cinq ou six gamins en blouson de cuir et jean moulant. D'habitude, Jim les évitait à tout prix. Ils leur criaient : « Hé ! le binoclard ! Hé ! écrase-merde ! » puis : « Hé ! t'as pas dix *cents* », et, une fois, ils les avaient coursés jusqu'au coin de la rue. Mais Wayne n'aurait pas accepté de faire le détour. Il ne voulait pas passer pour une poule mouillée.

Dans le rêve, l'image du petit pont se précisait de plus en plus, et une peur terrible commençait à vous étreindre la gorge.

Vous essayez de dire à Wayne que vous avez déjà vécu la scène une centaine de fois. Cette fois-ci, les voyous du coin ne traînent pas du côté de la station-service, cette fois-ci, ils se sont planqués sous la voûte du pont. Vous essayez de le lui dire, mais vous ne pouvez pas.

Puis vous êtes sous le pont et des ombres semblent se détacher de la paroi et un grand blond aux cheveux en brosse et au nez cassé pousse Wayne contre le mur couvert de suie et lui dit : *Aboule la monnaie.*

– *Laisse-moi tranquille.*

Vous essayez de vous enfuir mais un grand costaud aux cheveux noirs et graisseux vous envoie contre la paroi au côté de votre frère. Sa paupière gauche est animée d'un tremblement nerveux et il dit : *Allez, môme, combien t'as ?*

– *Qua-quatre cents.*

– *Tu te fous de notre gueule ?*

Wayne essaie de se libérer mais un type aux cheveux drôlement teints en orange prête main-forte au blond pour le tenir. Le grand costaud aux cheveux noirs vous flanque son poing dans la figure. Vous sentez soudain votre vessie se relâcher et une auréole sombre apparaît sur votre jean.

– *Regarde, Vinnie, il pisse dans sa culotte !*

Wayne se débat comme un beau diable et il parvient presque – mais pas tout à fait – à se dégager. Un autre type, qui porte un coutil noir de l'armée et un T-shirt blanc, le repousse. Il y a une tache de naissance, une petite fraise, sur son menton. La bouche de pierre du pont de chemin de fer se met à vibrer.

L'armature métallique roule comme un tambour. Un train approche.

Quelqu'un vous arrache les livres des mains et, d'un coup de pied, les envoie dans le caniveau. Soudain, Wayne flanque son pied droit dans le bas-ventre du grand costaud. Le type pousse un hurlement.

– *Vinnie ! Il va foutre le camp !*

Le grand costaud gueule en se tenant les parties mais ses beuglements se perdent dans le vacarme du train qui arrive. Puis il passe au-dessus d'eux et le monde n'est plus que fracas.

Des éclairs sur les crans d'arrêt. Le blond aux cheveux en brosse en tient un et La Fraise brandit l'autre. Vous ne pouvez pas entendre Wayne mais vous devinez les mots sur ses lèvres :

– *Cours, Jimmy, cours.*

Vous tombez sur vos genoux et les mains qui vous retiennent glissent et vous vous faufilez comme une souris entre deux jambes. Une main s'abat sur votre dos, cherchant sa proie, mais reste bredouille. Puis vous courez en direction de la maison, tout englué dans cette matière dont sont faits les rêves. Puis vous regardez par-dessus votre épaule et...

Il s'éveilla dans le noir au côté de Sally qui dormait paisiblement. Assis dans le lit, il ravala son cri puis se laissa retomber en arrière.

Quand il avait regardé, perçant les ténèbres béantes du tunnel, il avait vu le blond et le type à la fraise plonger leur couteau dans le corps de son frère – celui du blond frappa sous le sternum et celui de La Fraise au ventre.

Dans cette zone scolaire de la ville, les vacances de Noël coïncidaient avec la coupure semestrielle, ce qui faisait presque un mois de congé. Le rêve le tourmenta deux fois, au début, puis le laissa en paix. Il alla avec Sally rendre visite à sa belle-sœur dans le Vermont, et tous deux firent beaucoup de ski. Ils étaient heureux.

Dans l'air pur de la montagne, le problème de la classe de littérature vivante parut à Jim un peu ridicule et de peu de conséquences. Quand il reprit ses cours, avec son hâle de montagnard, Jim se sentait un homme neuf.

Simmons l'intercepta juste avant sa classe de deuxième heure et lui tendit un dossier.

– Un nouvel étudiant pour la septième heure. Son nom est Robert Lawson. C'est un transfert.

– Eh ! Sim ! J'en ai déjà vingt-sept, là-haut. Je suis surchargé.

– Tu en as toujours vingt-sept. Bill Stearns s'est fait tuer par une voiture le mardi d'après Noël. Le chauffard a filé.

– *Dilly ?*

Une photo en noir et blanc s'imprima dans son esprit, comme collée sur une fiche d'identité. En dehors de ses prouesses sportives, il avait été l'un des rares bons éléments de la classe de littérature vivante. Mort ? A quinze ans. Jim sentit ses os se glacer, conscient de la précarité de sa propre existence.

– Mon Dieu ! C'est horrible ! Savent-ils comment c'est arrivé ?

– Les flics enquêtent. Il allait traverser Rampart Street quand une vieille limousine Ford l'a fauché. Personne n'a relevé le numéro d'immatriculation mais il y avait écrit *Carré d'As* sur la portière. On a affaire à des gamins.

– Mon Dieu ! répéta Jim.

– C'est l'heure, fit Simmons.

Il s'éloigna précipitamment, s'arrêtant pour rappeler à l'ordre un groupe d'élèves qui s'étaient massés autour de la fontaine d'eau potable. Désemparé, Jim regagna sa salle de classe.

Il profita de son heure de liberté pour jeter un coup d'œil sur le dossier de Robert Lawson. La première page était une feuille verte émanant de Milford High, dont il n'avait jamais entendu parler. La seconde donnait le profil de la personnalité de l'étudiant. Son quotient intellectuel était de 78. Quelques aptitudes manuelles, mais rien de transcendant. Jugé asocial en vertu des tests de comportement Barnett-Hudson. Facultés limitées. Jim pensa sombrement qu'il avait toutes les caractéristiques de l'élève moyen de littérature vivante.

La page suivante, une feuille jaune, relatait son passé disciplinaire. Le feuillet concernant son passage à Milford était désespérément bien rempli. Lawson avait trempé dans une centaine de coups.

Jim tourna la page pour jeter un coup d'œil sur la photo

scolaire de Lawson ; son regard se figea. Il sentit la terreur s'infiltrer jusqu'au creux de son ventre.

Lawson fixait l'objectif de ses yeux hostiles, comme s'il posait pour une fiche de police et non pour un établissement scolaire. Il avait une petite fraise sur le menton.

La septième heure arrivée, il avait fait appel à tout ce qu'il y avait de rationnel en lui. Il s'était dit qu'il devait y avoir des milliers de gosses avec une tache de naissance rouge sur le menton. Il s'était dit que le voyou qui avait assassiné son frère seize longues années auparavant devait avoir maintenant au moins trente-deux ans.

Mais, comme il montait les escaliers vers le troisième étage, son appréhension persistait. Une crainte le tenaillait : *C'est exactement dans cet état que tu étais quand tu as craqué.* La panique avait un goût métallique sur sa langue.

Les gosses traînaient devant la porte de la salle 33 et quelques-uns d'entre eux y pénétrèrent en voyant Jim arriver. D'autres s'attardaient, gloussant et faisant des messes basses. Il aperçut le nouveau à côté de Chip Osway. Robert Lawson portait une paire de jeans et de grosses bottes de caoutchouc jaunes – le dernier cri, cette année-là.

– A ta place, Chip.

– C'est un ordre ?

Il sourit bêtement, sans regarder Jim.

– Certainement.

– Vous m'avez sacqué à la compo ?

– Certainement.

– Ouais..., c'est...

La suite se perdit dans un marmonnement indistinct.

Jim se tourna vers Robert Lawson.

– Vous êtes nouveau ici, fit-il. Je voudrais juste vous mettre au courant de la marche des choses.

– Bien sûr, Mr Norman.

Son sourcil droit était coupé par une petite cicatrice que Jim connaissait déjà. Aucune erreur possible. C'était dingue, ça n'avait pas de sens, mais le fait était là. Seize ans auparavant, ce gosse avait planté un couteau dans le corps de son frère.

Engourdi, comme si sa voix lui venait de très loin, il s'entendit expliquer le fonctionnement de son cours. Robert Lawson, les pouces enfoncés derrière sa ceinture de soldat, écoutait, souriait et hochait la tête comme si tous deux étaient de vieux amis.

Le rêve fut particulièrement pénible, cette nuit-là. Quand le gosse à la fraise sur le menton poignardait son frère, il jetait à Jim :

– Tu perds rien pour attendre, le môme. En plein dans le bide.

Il s'éveilla en hurlant.

Comme depuis le début de la semaine, il expliquait *Sa Majesté des Mouches*. Tandis qu'il parlait de la symbolique du texte, Lawson leva la main.

– Robert ? s'enquit-il.

– Pourquoi est-ce que vous me regardez tout le temps ?

Jim cilla, sentant sa bouche devenir cotonneuse.

– J'ai du vert ? Ou c'est ma braguette qu'est descendue ?

Petit rire nerveux dans la classe.

– Je ne vous regardais pas particulièrement, Mr Lawson. Pouvez-vous m'expliquer pourquoi Ralph et Jack sont en désaccord sur...

– Vous n'arrêtez pas de me regarder.

– Souhaitez-vous discuter de cela avec Mr Fenton ?

Lawson sembla y réfléchir à deux fois.

– Non.

– Parfait. Et maintenant, pouvez-vous me dire pourquoi Ralph et Jack...

– Je l'ai pas lu. Je trouve ce bouquin complètement idiot.

Jim eut un sourire contraint.

– Vraiment ? Dites-vous bien que si vous jugez le livre, le livre vous juge aussi. Maintenant, est-ce que quelqu'un d'autre peut me dire pourquoi ils sont en désaccord au sujet de l'existence de la bête ?

Kathy Slavin leva timidement la main, ce qui lui valut un regard de travers de la part de Lawson qui chuchota quelque chose à Chip Osway. Les mots qui s'étaient formés sur ses lèvres ressemblaient à « Vise les nénés ». Chip acquiesça en connaisseur.

– Oui, Kathy ?

– C'est parce que Jack voulait chasser la bête ?

– Très bien.

Jim se tourna pour écrire au tableau. L'instant d'après, un pamplemousse s'écrasait sur la surface noire, tout près de sa tête.

Il fit brusquement volte-face. Si certains des élèves ricanaient, Lawson et Osway se contentaient de regarder Jim d'un air innocent.

Jim ramassa le pamplemousse.

– Celui qui a fait ça mériterait qu'on le lui enfonce dans la gorge, dit-il en regardant dans la salle.

Kathy Slavin sursauta.

Jim jeta le pamplemousse dans la corbeille à papiers puis retourna au tableau.

Tout en sirotant son café, il déplia son journal et, aussitôt, la manchette lui sauta aux yeux.

– Bon Dieu ! s'exclama-t-il, interrompant le bavardage matinal de sa femme.

Il sentit soudain son estomac se nouer.

> *Une adolescente fait une chute mortelle.*
>
> Katherine Slavin, une jeune fille de dix-sept ans, élève au collège Harold Davis, est tombée, accidentellement ou non, du toit de son immeuble, hier en fin d'après-midi. Selon sa mère, la jeune fille, qui élevait des pigeons sur le toit de l'immeuble, était montée dans le but de leur donner à manger.
>
> La police rapporte qu'une voisine a aperçu trois jeunes gens qui couraient sur le toit vers 18 h 45, soit quelques minutes seulement après qu'on eut trouvé... (suite page 3).

– Elle était dans ta classe, Jim ?

Mais il se contenta de la regarder, sans pouvoir répondre.

Deux semaines plus tard, juste après la sonnerie du déjeuner, il rencontra dans l'entrée Simmons, qui s'avança vers lui, un dossier à la main. Son estomac se tordit.

– Un nouvel élève, fit-il à Simmons d'un ton morne. Pour la classe de littérature vivante.

– Comment t'as deviné ?

Sans rien dire, Jim tendit la main.

– Il faut que je me dépêche, dit Simmons. Les responsables de section se réunissent pour faire le point. T'as pas l'air très en forme. Ça va ?

« *C'est ça, pas très en forme. Pas plus que Billy Stearns. Pas plus que Kathy Slavin.* »

– Mais oui, ça va, assura-t-il.

– C'est le métier qui rentre, dit Simmons en lui donnant une tape sur le dos.

Quand il fut seul, Jim s'apprêta à affronter la photo, serrant les mâchoires comme un homme qui s'attend à recevoir un coup.

Ce n'était qu'un visage de gosse. Peut-être l'avait-il déjà vu auparavant, peut-être non. L'élève, David Garcia, était un garçon costaud aux cheveux noirs, à la bouche lippue et foncée et aux yeux endormis. La feuille jaune indiquait qu'il venait lui aussi de Milford High et qu'il avait passé deux ans à Granville dans une maison de correction pour vol de voiture.

Jim referma la chemise d'une main tremblante.

– Sally ?

Elle leva les yeux de son repassage. Il était resté planté devant un match de basket à la télé mais ne l'avait pas réellement suivi.

– Rien, fit-il. Fais comme si je n'avais rien dit.

– Mettons que je n'aie rien entendu.

Il sourit machinalement, reportant son regard sur le petit écran. Il avait été à deux doigts de tout raconter. Mais comment aurait-ce été possible ? Démentiel était un mot trop faible. Par où commencer ? Le rêve ? La dépression nerveuse ? Une description de Robert Lawson ?

« *Non. C'est par Wayne – ton frère – qu'il faut commencer.* »

Mais il n'avait jamais parlé à personne de tout cela, pas même lors de son analyse. Le visage de David Garcia remonta à la surface de son esprit et, avec lui, la terreur familière qu'il avait éprouvée lorsqu'il avait croisé le garçon dans l'entrée.

Bien sûr, sur la photo, il ne l'avait pas reconnu. Mais un portrait ne bouge pas..., il n'a pas de tics.

Garcia bavardait avec Lawson et Chip Osway et, quand il avait aperçu Jim, il avait souri, et sa paupière s'était mise à palpiter nerveusement, et des voix d'une irréelle netteté s'étaient mises à parler dans l'esprit de Jim :

– *Allez, môme, combien t'as ?*

– *Qua-quatre cents.*

– *Tu te fous de notre gueule ?... Regarde, Vinnie, il pisse dans sa culotte !*

– Jim ? Tu as dit quelque chose ?

– Non, rien.

Mais il n'en était pas si sûr. Il sentait la peur le submerger.

Au début de février, un jour, après la classe, quelqu'un frappa à la porte de la salle des professeurs. Quand Jim l'eut ouverte, Chip Osway se tenait devant lui. Il ne paraissait pas très rassuré. Jim était seul ; il était déjà 16 h 10 et son dernier collègue avait quitté les lieux depuis une heure. Il était resté pour corriger un paquet de copies.

– Chip ?

Osway dansait d'un pied sur l'autre.

– Je peux vous parler une minute, Mr Norman ?

– D'accord, mais si c'est encore au sujet de cette compo, tu perds ton...

– Non, c'est pas pour ça. Euh... J'peux fumer, ici ?

– Vas-y.

Chip alluma sa cigarette d'une main tremblante. Il resta silencieux pendant une bonne minute, comme incapable de prononcer le moindre mot.

Puis, soudain, ce fut un véritable flot.

– S'ils font ça, il faut que vous sachiez que je n'ai rien à voir dans tout ça. J'aime pas ces types ! Ils me foutent la trouille !

– Mais de qui parles-tu, Chip ?

– De Lawson et de ce Garcia, la vraie terreur.

– Ils complotent quelque chose contre moi ?

A nouveau envahi par la peur qui obsédait ses rêves, il n'eut pas besoin d'attendre la réponse.

– C'étaient mes potes, au début, avoua Chip. Et puis j'ai commencé à râler à propos de vous et de cette fameuse compo. Je voulais vous le faire payer. Mais c'était rien que des mots. Je vous le jure !

– Et alors ?

– Ils ont sauté sur l'occasion. Ils ont voulu savoir à quelle heure vous quittez l'école, quelle voiture vous avez, ce genre de trucs. Je leur ai demandé ce qu'ils avaient contre vous, et Garcia a répondu qu'ils vous connaissaient depuis très longtemps... Eh ! vous ne vous sentez pas bien ?

– C'est la cigarette, assura Jim d'une voix rauque.

Chip écrasa aussitôt son mégot.

– Je leur ai demandé depuis quand ils vous connaissaient, et Bob Lawson m'a répondu que c'était à une époque où je pissais encore dans mes culottes. Mais ils n'ont que dix-sept ans, le même âge que moi.

– Ensuite ?

– Bon. Garcia s'est penché au-dessus de la table et m'a dit : « Tu ne dois pas lui en vouloir beaucoup si tu ne sais même pas à quelle heure il quitte cette foutue école ; qu'est-ce que t'as l'intention de faire ? » Je lui ai dit que j'allais crever vos pneus et que vous les retrouveriez tous les quatre à plat. (Il jeta un regard suppliant à Jim.) J'allais même pas le faire, je l'ai juste dit parce que...

– Parce que t'avais la trouille ? lui demanda doucement Jim.

– Ouais, et je l'ai toujours.

– Qu'est-ce qu'ils ont pensé de ton idée ?

Chip frissonna.

– Bob Lawson m'a dit : « Et c'est tout ce que t'as trouvé, pauvre rigolo ? » Alors je lui ai répondu, pour faire le dur : « Et toi, t'as trouvé mieux ? » Alors Garcia – avec son tic à la paupière –, il a pris quelque chose dans sa poche, ça a fait un déclic et j'ai vu que c'était un couteau à cran d'arrêt. Là-dessus, je me suis tiré.

– Ça s'est passé quand, Chip ?

– Hier. Et maintenant, j'ai les jetons de m'asseoir à côté de ces mecs, Mr Norman.

– C'est bon, dit Jim. Merci.

Sans les voir, il baissa les yeux sur les copies qu'il était en train de corriger.

– Qu'est-ce que vous allez faire ?

– Je ne sais pas. Je ne sais vraiment pas.

Le lundi matin, il ne savait toujours pas. Sa première pensée avait été de tout raconter à Sally, à commencer par le meurtre de son frère, seize ans auparavant. Mais c'était impossible. Elle compatirait mais serait terrifiée. Et puis, le croirait-elle seulement ?

Simmons ? Non, lui non plus. Simmons penserait qu'il était fou. Et peut-être n'aurait-il pas tort.

« *Suis-je donc fou pour de bon ?* »

En ce cas, Chip Osway l'était aussi. Cette pensée le frappa alors qu'il montait dans sa voiture et, aussitôt, une bouffée d'excitation l'envahit.

Mais bien sûr ! Lawson et Garcia avaient proféré des menaces à son endroit en présence de Chip Osway. Cela n'aurait été d'aucune valeur juridique mais, s'il pouvait convaincre Chip de répéter son histoire devant Fenton, tous deux seraient renvoyés de l'établissement. Il était presque certain que Chip accepterait de le faire. Osway avait ses propres raisons de désirer leur renvoi.

Alors qu'il arrivait sur le parking, il repensa à ce qui était arrivé à Billy Stearns et à Kathy Slavin.

Jim profita de son heure de liberté pour se rendre au secrétariat. Il se pencha sur le bureau de la surveillante qui établissait la liste des absents du jour.

– Chip Osway est là, aujourd'hui ? demanda-t-il d'un ton neutre.

– Chip... ?

Elle le regarda d'un air interrogateur.

– Charles Osway, rectifia Jim. Tout le monde l'appelle Chip.

Elle consulta une pile de fiches, en repéra une et la préleva du paquet.

– Il est absent, Mr Norman.

– Vous pouvez me trouver son numéro de téléphone ?

– Certainement, dit-elle en coinçant son crayon derrière son oreille.

Elle fouilla à la lettre O de son fichier et tendit un carton à Jim. Il composa le numéro sur l'un des postes téléphoniques du secrétariat.

La sonnerie avait retenti une douzaine de fois et il était sur le point de raccrocher lorsqu'une voix pâteuse et encore ensommeillée lui répondit :

– Ouais ?

– Mr Osway ?

– Barry Osway est mort depuis dix ans. Gary Denkinger a l'appareil.

– Vous êtes bien le beau-père de Chip Osway ?

– Qu'est-ce qu'il a fait ?

– Je vous demande pardon ?

– Il s'est barré. Je veux qu'on me dise ce qu'il a fait.

– Rien, autant que je sache. Je voulais juste lui parler. Vous avez une idée de l'endroit où il a pu aller ?

– Non. J' fais la nuit et j'ai jamais vu ses amis. Il a pris une vieille valise et cinquante dollars qu'il s'est faits en vendant des pièces de voitures volées ou en refourguant de la drogue à des gamins. Si vous voulez mon avis, il a dû partir à San Francisco pour devenir hippie.

– Pouvez-vous m'appeler au collège si vous avez de ses nouvelles ? Jim Norman, de la section d'anglais.

– Comptez sur moi.

Jim raccrocha. La surveillante leva les yeux et le gratifia d'un sourire mécanique. Jim ne le lui rendit pas.

Deux jours plus tard, sur la liste de présence, la mention : *A quitté l'établissement* suivait le nom de Chip Osway. Jim s'attendait à ce que Simmons l'interpelle, un nouveau dossier sous le bras. Et c'est ce qui se passa, une semaine plus tard.

Il examina sombrement la photo. Aucun doute n'était permis. Les cheveux coupés en brosse avaient poussé mais ils étaient toujours aussi blonds. Et le visage était le même. Vincent Corey, Vinnie pour les intimes. Il regardait fixement l'objectif, un sourire insolent sur les lèvres.

A l'approche de la septième heure, son cœur se mit à cogner

à grands coups dans sa poitrine. Lawson, Garcia et Vinnie Corey s'étaient groupés dans le couloir près du panneau d'affichage... et tous trois se raidirent lorsqu'il vint vers eux.

Vinnie lui lança son sourire insolent mais ses yeux restèrent aussi froids et morts que des glaçons.

– C'est toi, Norman ? Salut, mon pote !

Lawson et Garcia gloussèrent.

– Pour vous, ce sera Mr Norman, répondit Jim en ignorant la main que Vinnie lui tendait. J'espère que vous vous en souviendrez.

– Compte dessus et bois de l'eau. Et ton frère, ça va ?

Jim se figea. Il sentit sa vessie se relâcher, et, comme si une porte s'était entrebâillée tout au fond de sa mémoire, il entendit une voix sépulcrale qui disait : *Regarde, Vinnie, il pisse dans sa culotte !*

– Qu'est-ce que vous savez à propos de mon frère ? articula-t-il péniblement.

– Rien, fit Vinnie. Enfin, pas grand-chose.

Tous trois lui adressèrent ce sourire vide et sadique qui les caractérisait.

La sonnerie retentit et, nonchalamment, ils regagnèrent la salle de classe.

Une cabine téléphonique. 22 heures.

– Mademoiselle, je voudrais le commissariat de police de Stratford dans le Connecticut.

Des cliquetis sur la ligne. Des bruits de voix.

Le policier qu'il recherchait s'appelait Mr Nell. A l'époque, il avait les cheveux blancs et probablement une bonne cinquantaine d'années.

Jim et son frère se retrouvaient tous les jours à l'heure du déjeuner et se rendaient au Stratford Diner, un petit café, pour y manger leur sandwich. Parfois, Mr Nell entrait, sa ceinture de cuir contenant avec peine son estomac proéminent et le P. 38, et leur offrait une tarte aux pommes à chacun.

La ligne avait été obtenue. La sonnerie ne retentit qu'une fois.

– Commissariat de Stratford.

– Bonjour, monsieur. Ici, James Norman. Je vous appelle de

loin. Serait-il possible de parler à quelqu'un qui appartenait déjà au commissariat vers 1957 ?

– Ne quittez pas.

Un instant de silence, puis une autre voix.

– Ici le sergent Morton Livingston, Mr Norman. Vous recherchez quelqu'un ?

– Oui, fit Jim. Enfin... quand on était gosses, on l'appelait Mr Nell. Cela vous...

– Bon Dieu, oui ! Mais Don Nell est à la retraite, maintenant. Il doit avoir dans les soixante-treize, soixante-quatorze ans.

– Est-ce qu'il habite toujours Stratford ?

– Oui, Barnum Avenue. Vous voulez l'adresse exacte ?

– Et son numéro de téléphone, si vous avez ça.

– D'accord. Vous connaissiez bien Don ?

– Il nous payait des tartes aux pommes au Stratford Diner, à mon frère et à moi.

– Bon sang ! Il doit y avoir au moins dix ans de cela ! Attendez un instant.

La minute d'après, il lui dictait l'adresse et le numéro de téléphone. Jim nota, remercia Livingston et raccrocha.

Il rappela la standardiste, lui donna le numéro et attendit. Lorsqu'il entendit la tonalité, il sentit son pouls s'accélérer, et se rapprocha du téléphone, tournant instinctivement le dos au distributeur automatique de boissons bien qu'il n'y eût personne en vue, en dehors d'une adolescente rondelette qui était plongée dans un magazine.

Quelqu'un décrocha et, d'une belle voix grave, un homme sur qui le temps ne semblait pas avoir prise dit :

– Allô ?

Immédiatement, Jim se sentit submergé sous un flot d'émotions et de souvenirs qu'il croyait oubliés.

– Mr Nell ? Donald Nell ?

– Lui-même.

– James Norman à l'appareil. Est-ce que par hasard mon nom vous dit encore quelque chose ?

– Mais oui ! répondit aussitôt Nell. Les tartes aux pommes ! (Puis il ajouta :) Mais votre frère..., il a été tué, n'est-ce pas ? Poignardé. Quelle horreur. Un si brave gosse.

Jim s'effondra contre l'une des parois de verre de la cabine.

Ses nerfs tendus se relâchèrent soudain, le laissant aussi mou qu'une poupée de chiffon. Il crut qu'il allait céder à l'envie de tout raconter mais, désespérément, ravala ses mots.

– On ne les a jamais arrêtés, n'est-ce pas, Mr Nell ?

– Non, répondit Nell. Mais il y avait eu des suspects. Si je me souviens bien, le commissariat de Bridgeport nous avait fourni une piste.

– M'avait-on donné les noms des suspects lors de la confrontation, à l'époque ?

– Non. La procédure légale exige qu'on les désigne par des numéros. Mais pourquoi remuer tout cela maintenant ?

– Laissez-moi vous citer quelques noms, dit Jim. Je voudrais savoir si cela vous rappelle quelque chose.

– Mais, mon p'tit gars, je ne saurais...

– On ne sait jamais, supplia Jim qui se sentait gagné par le désespoir. Robert Lawson, David Garcia, Vincent Corey. Est-ce que l'un de ces...

– Corey, répéta Nell. Je me souviens de celui-là. Vinnie la Vipère. Oui, il faisait partie des suspects. Sa mère lui avait fourni un alibi. Quant à Robert Lawson, ce nom ne me dit rien. Mais c'est tellement commun. Garcia... Garcia..., il me semble, mais je ne suis pas sûr. C'est que je ne suis plus tout jeune.

Cette constatation parut lui faire mal.

– Mr Nell, vous serait-il possible de vous renseigner au sujet de ces gosses ?

– Eh bien, ce ne seraient plus exactement des gosses, maintenant.

– Vous croyez vraiment ?

– Dis-moi la vérité, Jimmy. Il y en a un qui a refait surface et qui te cherche des noises ?

– Je ne peux pas vous dire. Il se passe des choses bizarres, qui ne sont pas sans rapport avec le meurtre de mon frère.

– Quoi exactement ?

– Je ne peux pas, Mr Nell. Vous me croiriez fou.

– Bon, je te fais confiance. Je vais chercher les noms dans les archives de Stratford. Où puis-je te joindre ?

Jim lui donna son numéro personnel.

– C'est le mardi soir que vous avez le plus de chances de me trouver.

En fait, il était chez lui presque tous les soirs mais, le mardi, Sally se rendait à son cours de céramique.

– Qu'est-ce que tu fais dans la vie, Jimmy ?

– Je suis professeur.

– Très bien. Ça va peut-être me demander plusieurs jours, tu sais. Je suis à la retraite, maintenant.

– Vous avez toujours la même voix.

– Ah ! oui, mais si tu me voyais ! (Il eut un petit rire.) Tu aimes toujours autant les tartes aux pommes, Jimmy ?

– Toujours, répondit Jim.

C'était un pieux mensonge. Il ne pouvait plus supporter les tartes aux pommes.

– Ça me fait bien plaisir. Bon, eh bien, si tu n'as rien à ajouter...

– Si. Une dernière chose. Existe-t-il un collège Milford à Stratford ?

– Pas à ma connaissance. La seule chose qui porte ce nom ici, c'est le cimetière Milford. Et personne n'en est jamais sorti avec un diplôme.

Nell eut un rire rocailleux et Jim eut l'impression qu'on secouait un sac d'os à l'autre bout du fil.

– Je vous remercie, s'entendit-il répondre. Au revoir.

Mr Nell avait raccroché. Il se retourna. Un horrible visage au nez aplati contre la vitre le regardait ; de chaque côté, comme soudées à la glace, deux mains aux doigts écartelés et blêmes.

C'était Vinnie.

Jim hurla.

En classe.

Les élèves de littérature vivante planchaient sur une composition. Suant à grosses gouttes sur leurs copies, ils alignaient leurs pensées aussi laborieusement que s'ils coupaient du bois. Tous sauf trois. Robert Lawson, qui s'était assis à la place de Billy Stearns ; David Garcia, qui occupait celle de Kathy Slavin, et Vinnie Corey, installé sur la chaise de Chip Osway. Ils le dévisageaient, une copie blanche posée devant eux.

Juste avant que la sonnerie ne retentisse, Jim prononça doucement :

– J'aurai deux mots à vous dire après la classe, Mr Corey.

– Quand tu veux, mon pote.

Lawson et Garcia gloussèrent bruyamment, mais le reste de la classe ne broncha pas. A la sonnerie, les élèves remirent leurs copies, puis sortirent en bon ordre. Voyant que Lawson et Garcia s'attardaient, Jim sentit son cœur se serrer.

« *Le grand moment est arrivé ?* »

Puis Lawson fit un signe de tête à Vinnie.

– A tout à l'heure ?

– C'est ça.

Les deux garçons s'en allèrent. Lawson ferma la porte et, de l'autre côté de la vitre en verre dépoli, David Garcia lança grossièrement :

– Quel connard, ce Norman !

Vinnie jeta un coup d'œil vers la porte puis fit face à Jim. Il souriait.

– Je me demandais si vous alliez finir par vous décider, dit-il.

– Vraiment ?

– J' t'ai bien flanqué la frousse, l'autre soir, dans la cabine, pas vrai, papa ?

– Ça ne se dit plus, ça, « papa », Vinnie. C'est plus dans le vent. C'est comme « dans le vent », d'ailleurs. Tout ça est aussi mort que James Dean.

– Je parle comme je veux, répondit Vinnie.

– Où il est passé, le quatrième ? Le type aux drôles de cheveux orange.

– Il nous a comme qui dirait lâchés.

Mais, derrière son air détaché, Jim devina la contrariété.

– Il est vivant, n'est-ce pas ? C'est pour cela qu'il n'est pas ici. Il est vivant et il doit avoir dans les trente-deux, trente-trois ans, l'âge que vous auriez si...

– Javel a toujours été un emmerdeur, un moins que rien. (Vinnie s'assit derrière son bureau couvert de graffitis. Ses yeux s'allumèrent) Eh ! mec, je me souviens de toi à cette séance d'identification. On aurait dit que t'allais encore pisser dans ton froc. J'ai bien vu quand tu nous regardais, moi et Davie. J' t'ai donné ma malédiction.

– Je veux bien te croire, répondit Jim. Tu m'as fait subir seize années de cauchemar. Ça ne te suffit pas ? Pourquoi maintenant ?

Vinnie parut perplexe, puis son sourire revint.

– Parce qu'on n'en a pas fini avec toi, mec. On aime le travail bien fait.

– D'où venez-vous ? demanda Jim.

Vinnie serra les lèvres.

– Ça te regarde pas. Pigé ?

– On t'a creusé un beau trou, hein, Vinnie ? Six pieds sous terre. Dans le cimetière de Milford, je me trompe ?

– *Ta gueule !*

En se levant, il avait fait basculer le bureau dans l'allée.

– Tu ne t'en tireras pas comme ça, jeta Jim. Je vais vous mener la vie dure.

– On aura ta peau, papa. Comme ça, tu sauras comment ça se passe au fond du trou.

– Sors d'ici !

– Peut-être qu'on s'occupera aussi de ta petite femme.

– P'tit fumier, si jamais tu la touches...

Aveuglé par la colère, il avança d'un pas, à la fois terrifié et outré qu'on eût osé faire allusion à Sally.

Un rictus aux lèvres, Vinnie recula en direction de la porte.

– Sois sage. Sage comme une image.

Il gloussa.

– Si tu touches un seul cheveu de ma femme, je te tuerai.

Le sourire de Vinnie s'élargit.

– Me tuer ? Eh ! mec, je croyais que t'avais compris. Mort, je le suis déjà.

Il s'en alla. Longtemps, le bruit de ses pas résonna dans le couloir.

– Qu'est-ce que tu lis, mon chéri ?

Jim lui montra la couverture du livre : *Traité de démonologie*.

– Beurk.

Elle se tourna vers le miroir pour rectifier sa coiffure.

– Tu prendras un taxi pour revenir ? lui demanda-t-il.

– Ce n'est qu'à quatre pâtés de maisons. Et puis, marcher, ça entretient la santé.

– L'une des mes élèves s'est fait attaquer dans Summer Street, mentit Jim. Elle croit qu'on voulait la violer.

– Quelle horreur ! Qui ça ?

– Dianne Snow, répondit-il, inventant un nom au hasard. Une fille équilibrée. Je préfère que tu prennes un taxi, d'accord ?

– Entendu. (Elle s'agenouilla près de son fauteuil, posa ses mains sur ses joues et le regarda dans les yeux.) Que se passe-t-il, Jim ?

– Rien, rien...

– Mais si. Je le sens bien.

– Rien de grave.

– C'est... au sujet de ton frère ?

Une vague de terreur le submergea, comme si une porte secrète de son esprit avait été poussée.

– Qu'est-ce qui te fait dire cela ?

– Tu gémissais son nom dans ton sommeil, la nuit dernière. Tu disais : « *Wayne, Wayne, cours, Wayne...* »

– C'est sans importance.

Mais cela en avait. Ils le savaient tous les deux. Il la regarda partir.

Mr Nell appela à 7 h 45.

– T'as pas à t'inquiéter à propos de ces types, lui dit-il. Ils sont tous morts.

– Vous en êtes sûr ?

– Accident d'auto. Six mois après le meurtre de ton frère. Un flic les avait pris en chasse.

– Et ils se sont foutus en l'air ?

– La voiture a quitté la route à plus de cent cinquante kilomètres à l'heure et elle s'est fracassée contre un pylône haute tension. Quand on a fini par couper l'électricité et par dégager les corps, ils étaient cuits à point.

Jim ferma les yeux.

– Vous avez vu le rapport ?

– De mes propres yeux.

– Rien de particulier sur la voiture ?

– C'était une auto gonflée.

– Y a un descriptif ?

– Une limousine Ford noire 1954, avec *Carré d'As* écrit sur la portière. Des as du volant, sans doute.

– Il y en avait un quatrième, Mr Nell. Je ne connais pas son nom exact. On l'appelait Javel.

– Il s'agit probablement de Charlie Sponder, répondit sans hésiter Mr Nell. Une fois, il s'est décoloré les cheveux à l'eau de Javel. Il avait les mèches toutes blanches et, quand il a essayé de récupérer sa teinte naturelle, elles sont devenues orange.

– Savez-vous ce qu'il est devenu ?

– Il est militaire de carrière. Il s'est engagé vers cinquante-huit, cinquante-neuf, après avoir mis une fille enceinte.

– Est-il possible de le joindre quelque part ?

– Sa mère habite Stratford. Elle pourrait te dire où il est.

– Vous pouvez me donner son adresse ?

– Non, Jimmy. Pas avant que tu m'aies dit de quoi il retourne.

– C'est impossible, Mr Nell. Vous me prendriez pour un fou.

– Fais-moi confiance.

– Je ne peux pas.

– Comme tu voudras, mon gars.

– Alors, vous...

Mais il avait raccroché.

– Le salaud, marmonna Jim en reposant le combiné.

Aussitôt, la sonnerie du téléphone retentit et Jim eut un sursaut, comme s'il s'était brûlé les doigts. Il contempla l'appareil, respirant avec difficulté. Il le laissa sonner trois fois, quatre fois, puis décrocha. Ecouta. Ferma les yeux.

Un flic le déposa devant l'hôpital, puis s'éloigna, toutes sirènes hurlantes. Il y avait un jeune médecin à la moustache en brosse dans la salle des urgences. Il jeta à Jim un regard sombre mais dénué de toute émotion.

– Veuillez m'excuser. Mon nom est James Norman et...

– Je suis désolé, Mr Norman. Elle est morte à 21 h 04.

Il se sentit mal. Les choses lui parurent s'éloigner, se brouiller ; ses oreilles sifflaient. « *C'est pas le moment de s'évanouir, mon vieux.* » Un planton était appuyé contre le mur, près de la porte de la salle des urgences n° 1. Son uniforme blanc était sale et tacheté de sang sur le devant. Il se curait les ongles avec la pointe de son couteau. Le planton leva les yeux et gratifia Jim d'un sourire narquois. C'était David Garcia.

Jim s'évanouit.

L'enterrement. C'était comme un ballet en trois actes. La maison. Les condoléances. Le cimetière. Des visages sortis d'on ne savait où, qui se pressaient autour de lui puis retournaient à leur néant. La mère de Sally, dont les yeux versaient des torrents de larmes derrière un voile noir. Son père, effondré et vieilli. Simmons. D'autres. Ils se présentaient et lui serraient la main. Il secouait la tête, ne sachant déjà plus qui ils étaient.

Tandis qu'ils partaient, Jim se regardait, serrant des mains, hochant la tête, prononçant des : « Merci... Oui, je n'y manquerai pas... Merci encore... Je suis sûr qu'elle... Merci... », comme on se regarde évoluer sur un film de vacances.

Puis il fut seul, dans une maison qui lui appartenait de nouveau. Il s'approcha de la cheminée. Le dessus était couvert de souvenirs de leur mariage. Un petit chien en peluche qu'elle avait gagné à Coney Island pendant leur lune de miel. Leurs diplômes universitaires. Une paire de dés géants qu'elle lui avait donnés à la suite d'une mémorable partie de poker où il avait perdu seize dollars, environ un an auparavant. Et, au milieu, leur photo de mariage. Il retourna le cadre puis alla s'asseoir dans son fauteuil, contemplant l'écran vide du poste de télévision. Une idée commença à germer dans sa tête.

Une heure plus tard, la sonnerie du téléphone le tira de sa somnolence. Il tâtonna à la recherche du combiné.

– C'est ton tour, mon pote.

– Vinnie ?

– Dis donc, mec, on aurait dit un pigeon d'argile sur un champ de tir. En miette, la nana.

– Je serai au collège, cette nuit, Vinnie. Salle 33. Je laisserai toutes les lumières éteintes. Tu verras, ce sera comme dans le tunnel, ce jour-là. Je crois même que je pourrai fournir le train.

– Tu voudrais bien en finir avec tout ça, pas vrai ?

– Comme tu dis, répondit Jim. Alors, je compte sur toi ?

– On verra.

– C'est tout vu, répliqua Jim avant de raccrocher.

Il faisait déjà sombre quand il arriva au collège. Il se gara à sa place habituelle, entra par la porte réservée aux professeurs et se dirigea d'abord vers le bureau de la section d'anglais, au second étage. Il pénétra dans le labo et commença à fouiller dans les disques. Il tira au milieu de la pile un disque intitulé : *Effets spéciaux pour chaîne stéréo*. Il le retourna. La troisième plage de la face A s'appelait : *Train de marchandises : 3' 04"*. Il posa l'album sur le capot de l'électrophone portatif de la section puis sortit le *Traité de démonologie* de la poche de son pardessus. Il l'ouvrit à une page qu'il avait cornée, lut un passage, hocha la tête, puis éteignit les lumières.

Salle 33.

Il installa le tourne-disque, éloignant le plus possible les haut-parleurs l'un de l'autre, puis mit la troisième plage de la face A. Brisant le silence, s'amplifiant progressivement, s'éleva le vacarme des moteurs Diesel et de l'acier contre l'acier.

Les yeux fermés, il aurait pu se croire sous le petit pont de la grand-rue, à genoux tandis que devant lui le drame allait vers son inévitable conclusion...

Jim rouvrit les yeux et recula l'aiguille jusqu'au début de la plage. Il s'assit derrière son bureau et prit le livre au chapitre intitulé : *Les esprits maléfiques et comment les invoquer*. Il remuait les lèvres en lisant, s'interrompant de temps en temps pour tirer de sa poche des objets qu'il disposait devant lui.

D'abord, une vieille photo jaunie de lui et de son frère, posant dans la cour devant l'immeuble où ils avaient vécu. Ensuite, une petite bouteille pleine de sang. Il avait attrapé un chat de gouttière et lui avait tranché la gorge avec un couteau de poche. Puis le couteau en question. Enfin, une bande de tissu arrachée au rembourrage d'une casquette de base-ball. Celle de Wayne. Jim l'avait conservée dans le secret espoir qu'un jour lui et Sally auraient un fils qui la porterait.

Il se leva et alla regarder par la fenêtre. Le parking était désert.

Il entreprit de faire le vide au milieu de la salle de classe, poussant toutes les tables contre les murs. Alors, il prit une craie dans le tiroir de son bureau et, suivant scrupuleusement le diagramme du livre, à l'aide d'une règle, il traça un pentacle sur le sol.

Il avait de plus en plus de mal à respirer. Plaçant les objets dans une même main, les lumières éteintes, Jim commença de réciter.

– O prince des Ténèbres, pour le salut de mon âme, écoute-moi. Ecoute-moi, car je te promets un sacrifice. Ecoute-moi, car en échange de ce sacrifice j'implore une funeste faveur. Ecoute-moi, car par le mal je cherche à tirer vengeance du mal. Dis-moi ta volonté, ô prince des Ténèbres, car pour toi je répands le sang.

Il dévissa le bouchon de la petite bouteille et en versa le contenu sur le pentacle.

Quelque chose se produisit dans la salle de classe obscure. Quelque chose d'indéfinissable, sinon que l'air semblait devenu plus dense. Une invisible présence paraissait engloutir tous les sons.

Jim respecta les rites ancestraux.

La sensation qu'il éprouvait maintenant lui rappela une visite qu'il avait effectuée avec sa classe dans une énorme centrale électrique – la sensation que l'air vibrait, comme saturé d'électricité. Puis, étrangement basse et désagréable, une voix lui parla :

– Que désires-tu ?

Jim n'aurait su dire si les mots avaient réellement été prononcés ou s'ils avaient seulement résonné dans sa tête. En deux phrases, il présenta sa requête.

– Ce n'est pas une bien grande faveur. Que m'offres-tu en échange ?

En deux mots, il le dit.

– Je veux les deux, murmura la voix. Le droit et le gauche. Acceptes-tu ?

– Oui.

– Alors, donne-moi ce qui me revient.

Il ouvrit son couteau de poche, posa la main droite bien à plat sur le bureau, et, s'y reprenant à quatre fois, en trancha l'index. Le sang forma de sombres arabesques sur le buvard. Il ne sentit pas la douleur. Jim plaça le couteau dans sa main droite. Il eut beaucoup plus de mal à couper l'index gauche. Ainsi mutilée, sa main lui paraissait maladroite et étrangère ; le couteau dérapait sans cesse. Finalement, avec un grognement d'impatience, il lança le couteau loin de lui, brisa l'os puis arracha le doigt. Jim jeta les deux index coupés au centre du pentacle. Il y eut un éclair éblouissant, semblable au flash magnésique des anciens appareils photographiques. Pas de fumée, remarqua-t-il. Pas la moindre odeur de soufre.

– Qu'as-tu apporté ?

– Une photographie. Une bande d'étoffe que sa sueur a mouillée.

– La sueur a un fort pouvoir, observa la voix avec une avidité qui fit frissonner Jim. Donne-les-moi.

Jim les lança dans le pentacle. Nouvel éclair.

– C'est bien, dit la voix.

– S'ils viennent, répondit Jim.

La voix ne se fit plus entendre – si elle avait jamais retenti. Jim se pencha au-dessus du pentacle. La photo s'y trouvait toujours, mais noircie, presque en cendres. Le bandeau avait disparu.

Venant de la rue, il entendit une rumeur qui se rapprochait. Une voiture trafiquée, au pot d'échappement scié, tourna dans David Street. Jim s'assit, l'oreille à l'affût pour savoir si elle allait s'arrêter ou poursuivre sa route.

Elle s'arrêta.

Des pas résonnèrent dans l'escalier.

Il entendit le gloussement haut perché de Robert Lawson. Puis un grand chutttt ! Puis, à nouveau, le rire de Lawson. Le bruit de pas se rapprocha, de plus en plus net, et la porte vitrée s'ouvrit brusquement en haut de l'escalier.

– Ouh-ouh ! mon pote ! cria David Garcia d'une voix de fausset.

– T'es là, mon chou ? murmura Lawson avant de laisser échapper un nouveau rire. Eh ben..., y serait pas là ?

Jim n'avait pas entendu la voix de Vinnie mais, tandis qu'ils remontaient le couloir, il pouvait voir qu'il y avait trois ombres. Vinnie était le plus grand et il tenait quelque chose à la main. Il y eut un petit déclic et la longueur de l'objet doubla.

Ils se tenaient près de la porte, Vinnie au milieu. Tous trois avaient un couteau à la main.

– Nous v'là, mec, dit doucement Vinnie. On va s'occuper de toi.

Jim remit le tourne-disque en marche.

Garcia sursauta, s'exclamant :

– Bon Dieu ! Qu'est-ce que c'est ?

Le train de marchandises se rapprochait. Ils avaient l'impression que les murs en tremblaient.

Le vacarme ne semblait plus sortir des haut-parleurs mais de bien plus bas, comme si un train fantôme circulait sous le plancher.

– Arrête ça, mec, dit Lawson.

– Te fatigue pas, fit Vinnie. (Il avança d'un pas et menaça Jim de son couteau.) File-nous ton fric, papa.

« ... *allez...* »

Garcia recula.

– Qu'est-ce qui se passe ?...

Mais Vinnie n'hésita pas un instant. Il fit signe aux deux autres de s'écarter ; peut-être la lueur qui passa alors dans ses yeux trahissait-elle un sentiment de délivrance.

– Allez, môme, combien t'as ? demanda brusquement Garcia.

– Quatre *cents*, répondit Jim.

Et c'était la vérité. Il les avait pris dans la tirelire de la chambre. La pièce la plus récente était datée de 1956.

– Tu te fous de notre gueule ?

« ... *laisse-le tranquille...* »

Lawson regarda par-dessus son épaule ; il n'en crut pas ses yeux. Les murs étaient devenus brumeux, intangibles. Le train hurla. La lumière qui émanait du lampadaire du parking avait rougi, soudain pareille à l'enseigne au néon de la Barrets se découpant sur un ciel crépusculaire.

Quelque chose sortait du pentacle, quelque chose qui avait le visage d'un petit garçon d'environ douze ans aux cheveux coupés en brosse.

Garcia se précipita sur Jim et lui décocha un coup de poing sur la bouche. Jim sentit son haleine où se mêlaient l'ail et le piment. Tout se passait avec une lenteur extrême ; il était comme anesthésié.

Soudain, il éprouva une vive pression dans son bas-ventre et sa vessie se relâcha. Il baissa les yeux et aperçut une tache sombre qui s'élargissait sur son pantalon.

– Regarde, Vinnie, il pisse dans sa culotte ! s'écria Lawson.

Le ton y était, mais son visage ne reflétait que de l'horreur – l'expression était celle d'une marionnette qui ne serait venue à la vie que pour découvrir les fils qui l'animent.

– Laisse-le tranquille, répéta le démon-Wayne.

Mais ce n'était pas la voix de Wayne ; c'était la voix avide qui était déjà sortie du pentacle.

– Cours, Jimmy ! Cours ! Cours ! Cours !

Jim tomba à genoux. Une main dérapa sur son dos, cherchant, mais en vain, à agripper sa proie.

Il leva les yeux et aperçut Vinnie, le visage déformé par la haine, qui plongeait son couteau juste sous le sternum du démon-Wayne... Vinnie hurla et son visage se tordit, se consuma, se calcina, se désintégra.

Il avait disparu.

A leur tour, Garcia et Lawson attaquèrent l'apparition ; ils se contorsionnèrent, flambèrent, s'évaporèrent.

Jim gisait sur le sol, respirant avec peine. Le bruit du train s'évanouit.

Son frère était penché sur lui.

– Wayne ? souffla Jim.

Le visage se métamorphosa. Il sembla fondre. Les yeux devinrent jaunes. La face grimaçante du démon le contemplait.

– Je reviendrai, Jim, murmura la voix avide.

Il disparut à son tour.

Jim se leva lentement, débrancha le tourne-disque de sa main mutilée. Il effleura sa bouche. Elle saignait encore. Il traversa la pièce vide et alluma la lumière. Il jeta un coup d'œil sur le parking, désert lui aussi. L'atmosphère de la salle était lourde et putride comme celle d'une tombe. Il effaça le pentacle puis remit en place les tables pour celui qui le remplacerait le lendemain. Ses doigts le faisaient horriblement souffrir – « *quels doigts ?* ». Il faudrait qu'il se rende chez un médecin. Il ferma la porte et descendit lentement les escaliers, pressant ses mains contre sa poitrine. A mi-chemin, quelque chose – une ombre ou peut-être une simple intuition – le fit se retourner.

Une invisible présence parut reculer d'un bond.

Jim se rappela l'avertissement du *Traité de démonologie* – le danger encouru. Peut-être réussirez-vous à les invoquer, peut-être respecteront-ils votre volonté. Peut-être même pourrez-vous vous en débarrasser.

Mais peut-être ne pourrez-vous les empêcher de revenir.

Il descendit les dernières marches, se demandant si après tout le cauchemar était bien terminé.

EXTRAIT DU CATALOGUE LIBRIO

POLICIERS

John Buchan
Les 39 marches - n°96

Leslie Charteris
Le Saint
- Le Saint entre en scène - n°141
- Le policier fantôme - n°158
- En petites coupures - n°174
- Impôt sur le crime - n°195
- Par ici la monnaie ! - n°231

Arthur Conan Doyle
Sherlock Holmes
- La bande mouchetée - n°5
- Le rituel des Musgrave - n°34
- La cycliste solitaire - n°51
- Une étude en rouge - n°69
- Les six Napoléons - n°84
- Le chien des Baskerville - n°119
- Un scandale en Bohême - n°138
- Le signe des Quatre - n°162
- Le diadème de Béryls - n°202
- Le problème final - n°229
- Les hommes dansants - n°283

Ellery Queen
Le char de Phaéton - n°16
La course au trésor - n°80
La mort de Don Juan - n°228

Jean Ray
Harry Dickson
- Le châtiment des Foyle - n°38
- Les étoiles de la mort - n°56
- Le fauteuil 27 - n°72
- La terrible nuit du zoo - n°89
- Le temple de fer - n°115
- Le lit du diable - n°133
- L'étrange lueur verte - n°154
- La bande de l'Araignée - n°170
- Les Illustres Fils du Zodiaque - n°190
- L'île de la terreur - n°230

LIBRIO NOIR

Bill Ballinger
Version originale - n°244

James M. Cain
Le bébé dans le frigidaire - n°238

Didier Daeninckx
Autres lieux - n°91
Main courante - n°161
Le Poulpe/Nazis dans le métro - n°222
Les figurants - n°243

Gérard Delteil
Le Poulpe/Chili incarné - n°272

Pascal Dessaint
Le Poulpe/Les pis rennais - n°258

Frédéric H. Fajardie
Les Hauts-vents - n°289

Jean-Claude Izzo
Vivre fatigue - n°208

Thierry Jonquet
Le pauvre nouveau est arrivé ! - n°223

Méchante dose (La)
(Anthologie présentée par
Jacques Sadoul) - n°273

Daniel Picouly
Tête de nègre - n°209

Jean-Bernard Pouy
Le Poulpe/La petite écuyère a cafté - n°206

Hervé Prudon
Le Poulpe/Ouarzazate et mourir - n°288

Patrick Raynal
Le Poulpe/Arrêtez le carrelage - n°207

Jean-Jacques Reboux
Le Poulpe/La cerise sur le gâteux - n°237

François Thomazeau
Les aventures de Schram et Guigou/
Qui a tué M. Cul ? - n°259

FANTASTIQUE - S.-F.

Isaac Asimov
La pierre parlante - n°129

Ray Bradbury
Celui qui attend - n°59

Serge Brussolo
Soleil de soufre - n°291

Jacques Cazotte
Le diable amoureux - n°20

Cent ans de Dracula (Les)
8 histoires de vampires - n°160

Arthur C. Clarke
Les neuf milliards de noms de Dieu - n°145

Contes fantastiques de Noël
Anthologie - n°197

Philip K. Dick
Les braconniers du cósmos - n°211

Dimension fantastique (La)
13 nouvelles fantastiques - n°150

Dimension fantastique 2 (La)
6 nouvelles fantastiques - n°234

Dimension fantastique 3 (La)
10 nouvelles fantastiques - n°271

Alexandre Dumas
La femme au collier
de velours - n°58

Erckmann-Chatrian
Hugues-le-Loup - n°192

Claude Farrère
La maison des hommes vivants - n°92

Stephen King
Le singe - n°4
La ballade de la balle élastique - n°46
La ligne verte
- Deux petites filles mortes - n°100
- Mister Jingles - n°101
- Les mains de Caffey - n°102
- La mort affreuse d'Edouard Delacroix -
n°103
- L'équipée nocturne - n°104
- Caffey sur la ligne - n°105
Danse macabre - 1 - n°193
Danse macabre - 2 - n°214
Danse macabre - 3 - n°233
Danse macabre - 4 - n°249

William Gibson
Fragments de rose en hologramme - n° 215

Howard P. Lovecraft
Les Autres Dieux - n°68
La quête onirique de Kadath l'inconnue -
n°188

Arthur Machen
Le grand dieu Pan - n°64

Terry Pratchett
Le Peuple du Tapis - n°268

Clifford D. Simak
Honorable adversaire - n°246

Dan Simmons
Le conseiller - n°260

Bram Stoker
L'enterrement des rats - n°125

214

Achevé d'imprimer en Europe
à Pössneck (Thuringe, Allemagne)
en mars 2001 pour le compte de EJL
84, rue de Grenelle 75007 Paris
Dépôt légal mars 2001
1er dépôt légal dans la collection : mars 1998

Diffusion France et étranger : Flammarion